El destino los unió
Lynne Graham

Bianca™

HARLEQUIN™

Editado por HARLEQUIN IBÉRICA, S.A.
Núñez de Balboa, 56
28001 Madrid

I.S.B.N.: 978-84-671-6340-7
Depósito legal: B-34585-2008
Editor responsable: Luis Pugni
Preimpresión y fotomecánica: M.T. Color & Diseño, S.L.
C/. Colquide, 6 portal 2 - 3º H. 28230 Las Rozas (Madrid)
Impresión y encuadernación: LITOGRAFÍA ROSÉS, S.A.
C/. Energía, 11. 08850 Gavá (Barcelona)
Fecha impresion para Argentina: 2.3.09
Distribuidor exclusivo para España: LOGISTA
Distribuidor para México: CODIPLYRSA
Distribuidores para Argentina: interior, BERTRAN, S.A.C. Vélez
Sársfield, 1950. Cap. Fed./ Buenos Aires y Gran Buenos Aires,
VACCARO SÁNCHEZ y Cía, S.A.
Distribuidor para Chile: DISTRIBUIDORA ALFA, S.A.

Prólogo

GIANNIS Petrakos se sentía completamente atrapado, como un león enjaulado, rodeado de tanta gente famosa e influyente.

Estaba en la fiesta de compromiso que le había organizado su bisabuela, una mujer conocida por no tener pelos en la lengua y decir lo que pensaba con total sinceridad.

Giannis estaba seguro de que su bisabuela no dudaría en hacer gala de aquella famosa sinceridad para decirle lo que opinaba de su prometida.

Aquello le hacía gracia.

Era uno de los hombres más ricos del mundo y había aprendido a apreciar la sinceridad, un bien muy escaso.

Dorkas Petrakos miró a su bisnieto a los ojos desde su corta estatura.

—Krista es una mujer preciosa. Todos los hombres de la fiesta te envidian.

Giannis inclinó la cabeza ante lo obvio y esperó a que cayera el hacha.

—Pero me pregunto qué tipo de madre será —continuó su bisabuela.

Giannis estuvo a punto de hacer una mueca de disgusto, ya que ni Krista ni él habían pensado en tener hijos todavía. Jamás se le había pasado por la cabeza valorar el instinto maternal de su prometida. Tal vez, en unos cuantos años, tuviera descendencia, pero no le parecía de máxima importancia. De hecho, si no tenía hijos, elegiría a un sucesor y heredero de entre su extensa familia y punto.

Lo cierto era que no tenía especial interés en ser padre.

–Crees que no tiene importancia, crees que soy una anticuada –adivinó su bisabuela–, pero Krista es presumida y egoísta.

Giannis apretó los dientes. No le estaba haciendo ninguna gracia que censurara de aquella manera a la mujer que había elegido como esposa. Tampoco fue muy buena suerte que, justo en aquellos momentos, Krista estuviera buscando ser el centro de atención de nuevo. Lo cierto era que, en cuanto pasaba ante un espejo o ante una cámara, no podía evitar posar. Bendecida con unos ojos de color azul turquesa y pelo rubio platino, Krista, que era de una belleza impresionante, había sido el centro de atención desde que había saltado a la palestra pública siendo una adolescente. Al ser la heredera del imperio electrónico Spyridou e hija única, había crecido teniéndolo todo.

¿Cómo iba su bisabuela a entenderla?

Aquellas dos mujeres no tenían absolutamente nada en común. El padre de Dorkas había sido pescador, así su bisabuela había crecido siendo muy pobre y con una escala de valores muy rígida que no había cambiado con el paso de los años ni con el cambio de clase social. De hecho, siempre había estado muy orgullosa de no caer en los estándares esnobs de su descendencia, para la que se había convertido en fuente de vergüenza social por su lengua afilada.

A pesar de todo ello, el vínculo que existía entre

Dorkas y Giannis era muy fuerte y se había forjado siendo él un adolescente rebelde sumido en un proceso de autodestrucción.

–No dices nada. La pregunta es: Si vendieras tus estupendas casas y te deshicieras de tu dinero, de tus coches y tus aviones mañana mismo, ¿seguiría Krista a tu lado? –insistió su bisabuela–. ¡Claro que no! ¡Saldría corriendo como alma que lleva el diablo!

Mientras se ponía en pie, Giannis estuvo a punto de reírse al imaginarse la escena, pues, en aquella situación, Krista no sería más que una carga, ya que estaría todo el día autocompadeciéndose y recriminándolo.

Sin duda, era el producto innegable de un entorno demasiado lujoso. ¿De verdad creía su bisabuela que iba a poder encontrar a una mujer que permaneciera impertérrita ante su fabulosa fortuna?

En cualquier caso, la implicación de que Krista, que tenía muchísimo dinero propio, tuviera un ojo echado a su fortuna le había tocado el ego.

Tras hacerle una señal con la cabeza a Nemos, su jefe de seguridad, Giannis abandonó la terraza. Le había sentado bien tomar el fresco y había tenido oportunidad de calmarse y de preguntarse a sí mismo por qué había reaccionado así. ¿Tenía dudas sobre su matrimonio con Krista Spyridou?

No, a todo el mundo le parecía que era la pareja perfecta para él, pues tenía clase y habilidad para organizar las mejores fiestas. Pertenecían al mismo mundo de exclusividad. Krista entendía perfectamente las reglas. Pasara lo que pasara, jamás se divorciarían. Así, la fortuna y la influencia de los Petrakos estarían protegidas durante otra generación.

Aun así, Giannis no debía olvidar que a los diecinueve años había salido con ella y, para horror de su familia, la había dejado. Sí, era cierto que era la chica más guapa del mundo, pero pronto había descubierto que tenía poco más que ofrecer aparte de belleza. Lo cierto era que le había parecido más fría que el hielo... tanto en la cama como fuera de ella.

Su falta de pasión lo había destrozado de adolescente, pues tenía la esperanza, alentada por su bisabuela, de que en algún lugar del mundo existía la mujer perfecta para él.

Desde luego, la había buscado. Había estado más de diez años pasando de una mujer a otra hasta que, al final, se había dado cuenta de que la mujer perfecta no existía.

Y ahora le parecía que Krista podía ser su esposa, pues se conocían bien y su manera de ser no afectaría a su estilo de vida.

A Giannis le gustaba hacer lo que le daba la gana como le daba la gana y cuando le daba la gana y estaba seguro de que, casándose con Krista, aquello no iba a cambiar, pues Krista no era mujer de colgarse de su cuello ni de tener expectativas fuera de tono. Jamás se le pasaría por la cabeza hacer una escena ni demandar atención, amor ni fidelidad. No lo haría porque le importaría muy poco no tenerlo.

Era perfecta.

¿Qué más podía pedir un adicto al trabajo que una esposa a la que no le importara que tuviera otras relaciones sexuales con las que dar rienda suelta a su tensión laboral?

Krista estaría demasiado ocupada cuidándose y yendo de compras para vestir su precioso cuerpo como para sentirse abandonada por su maravilloso y millonario marido.

En cuanto Giannis volvió a la fiesta, Krista corrió a su lado para rogarle que la acompañara a hacerse una fotografía. Aunque a Giannis no le gustaba nada la publicidad, posó a su lado. Era su fiesta de pedida y quería hacerla feliz.

Agradecida, su prometida le puso la mano en el brazo y se inclinó hacia él.

–¿Esa arpía del rincón es de tu tribu o de la mía? –le preguntó riéndose.

Giannis se giró hacia donde le indicaba Krista y vio a una mujer mayor vestida toda de negro y sentada con la espalda muy recta. ¿Arpía? Como Dorkas apenas abandonaba la isla de Libos, poca gente la conocía.

–¿Por qué lo dices? –le preguntó a Krista.

–Me ha preguntado que si sé cocinar –se burló su prometida poniendo los ojos en blanco–. ¡Y, luego, me ha preguntado también si te voy a esperar todas las noches cuando vuelvas del despacho! –añadió–. Ya se podía haber quedado en su casa. Qué vergüenza de mujer. Espero que no venga a la boda.

–Si ella no va, yo tampoco –contestó Giannis.

A continuación, observó cómo su prometida palidecía. Compungida, Krista lo miró lívida y le clavó las uñas en la manga de la chaqueta.

–Giannis, yo...

–Esa señora es mi bisabuela y le debes un profundo respeto –le advirtió con frialdad.

Apesadumbrada por haberlo ofendido, Krista dio un paso atrás y se humilló. Además de todos los defectos que Giannis ya conocía de ella, añadió el de la vulgaridad y la falta de sinceridad a la lista.

Capítulo 1

MADDIE estaba de muy buen humor.

Era el segundo día de su contrato temporal en Petrakos Industries.

Tras subirse a la báscula del baño, se quedó muy quieta, con la esperanza de haber adelgazado. Según lo que marcaba la pantalla digital, no era así. Tras bajarse, quitarse el camisón y el reloj, volvió a subirse, con mucho más cuidado, y volvió mirar.

Nada.

El mismo peso.

–No puedes sobrevivir a base de ensaladas –le había dicho la señora Evans, la vecina del bajo, cuando Maddie había ido a comer con ella y con su hija el domingo.

Tras disfrutar de una deliciosa comida de tres platos hacía un par de días, Maddie se preguntaba ahora si habría sido mejor la ensalada. ¿Acaso la chocolatina que se había tomado al volver a casa la noche anterior habría sido demasiado? ¿Se podía engordar tan rápidamente?

Lo cierto era que las muchas horas que trabajaba para poder pagar el alquiler le hacían tener un apetito voraz, pero no tenía suficiente dinero como para comer bien.

Sus preciosos ojos verdes se posaron en el espejo y se fijaron en sus pechos voluminosos y en sus generosas caderas. A continuación, se recogió su maravillosa melena pelirroja y se metió en la ducha a toda velocidad.

Los vaqueros negros y la camisa blanca le quedaban un poco pequeños y le marcaban las curvas, lo que le hizo fruncir el ceño.

Maddie había perdido casi toda su ropa en el incendio que se había declarado en la casa en la que vivía antes. Estaba intentando hacerse con algunas cosas en tiendas de segunda mano, pero no era fácil teniendo en cuenta lo poco que ganaba.

Mientras terminaba de arreglarse, reparó en la fotografía de su hermana que tenía junto a la cama y se dijo que no debía quejarse por su apariencia física cuando tenía salud.

—Mira siempre el lado positivo —había sido la frase preferida de su abuela.

—No hay mal que por bien no venga —solía decir su abuelo.

Aun así, tanto ella como sus abuelos habían sufrido mucho. A su querida gemela Suzy le habían diagnosticado leucemia poco después de cumplir los ocho años.

Sus padres no habían podido soportar la tensión de la enfermedad de su hija y habían terminado divorciándose. Sus abuelos paternos se habían hecho entonces cargo de la niña, la habían acompañado durante el tratamiento, durante las remisiones y hasta la muerte.

De su hermana, Maddie había aprendido a disfrutar de la vida que le quedaba.

Mientras esperaba en la parada del autobús, Maddie se preguntó si vería aquel día a Giannis Petrakos.

¡Cuando pensaba en él, se sentía como una adolescente y no como una chica de veintitrés años!

Le daba vergüenza recordar que había recortado su fotografía de un periódico y la había guardado durante mucho tiempo, pero aquello había sido cuando tenía catorce o quince años y estaba completamente enamorada de él.

Petrakos Industries era un edificio de oficinas moderno y enorme situado en la City de Londres.

Maddie jamás había trabajado en un lugar tan imponente. En aquella empresa, tan increíble, al personal se le requería que fuera igual de increíble. Aunque era trabajadora temporal y normalmente se le asignaban solamente tareas sin importancia, varias personas la habían mirado extrañadas el primer día de trabajo al enterarse de que no tenía cualificación.

Como de costumbre, Maddie había intentado compensar aquella falta de cualificación trabajando duro y con entusiasmo. Estaba dispuesta a hacer lo que fuera necesario para conseguir que le ofrecieran un contrato indefinido en aquella empresa porque un sueldo decente no se encontraba así como así.

—Se van a llevar otros quinientos trabajos a Europa del Este para reducir costes —se lamentó una voz femenina fuera de la habitación donde Maddie estaba metiendo datos en una base informática—. La prensa se va a poner como loca...

—Esta empresa es una de las tres más grandes del mundo —protestó un hombre—. Giannis Petrakos es un hombre sin escrúpulos, pero sabe muy bien lo que se hace en los negocios. No olvides que gracias a su instinto vamos a tener un bonus espectacular este año.

–¿Es que no sabes más que pensar en el dinero? –volvió a lamentarse la mujer–. Petrakos es millonario, pero no tiene ni un ápice de humanidad.

Maddie estuvo tentada de acercarse a la puerta para decirle que eso no era cierto, pero no lo hizo para que no la llamaran cotilla. Además, aunque se moría de ganas por hablar de las cualidades de Giannis Petrakos, no le pareció bien divulgar detalles de su vida privada, así que suspiró y volvió a concentrarse en su base de datos.

Después de comer, a una compañera llamada Stacy y a ella las mandaron a la última planta a ayudar. Allí las recibió una coordinadora llamada Annabel, que le dijo a Stacy que se preparara para servir café en una reunión.

–Soy una trabajadora temporal, no una camarera –declaró la aludida indignada.

–Eres una trabajadora temporal y tienes que hacer lo que se te manda –le espetó Annabel–. En esta empresa, los empleados tienen que ser muy flexibles...

–Yo no soy una empleada de esta empresa. Sólo soy una trabajadora temporal y no sirvo el café a nadie.

–No hay problema, ya lo hago yo –intervino Maddie para que su compañera, seguro que movida por buenos principios, no la dejara sin trabajo.

Annabel la miró de arriba abajo.

–Según el código de vestimenta de esta empresa, no se pueden llevar vaqueros, pero qué le vamos hacer. Está bien.

–Deberías haberla abofeteado por el comentario que ha hecho –opinó Stacy en cuanto se quedaron a solas–. Encima de que le estás haciendo un favor.

–Lo cierto es que tiene razón, pero tenía la falda lavando y sólo me quedaban los vaqueros –confesó Maddie.

–Lo que le pasa es que está celosa –comentó Stacy con desprecio–. Ha salido un grupo de hombres del ascensor y no podían parar de mirarte. Tiene celos de lo guapa que eres.

Maddie se sonrojó de pies a cabeza.

–Yo creo que estaba nerviosa por la reunión.

–Deberías sacarte más provecho –insistió Stacy con impaciencia–. Yo, en tu lugar, lo intentaría como modelo o como bailarina.

Maddie se estremeció ante la idea. A veces, tenía la sensación de haber nacido en el cuerpo equivocado. Lo cierto era que no podía soportar que los hombres se fijaran en ella.

–El señor Petrakos va a presidir la reunión –anunció Annabel abriendo la puerta de repente mientras Maddie preparaba el servicio de café–. Cuando entres en la sala de juntas, sirve lo que te pidan en silencio y vete rápidamente.

Seguido por su séquito de ayudantes personales, Giannis vio a la pelirroja justo antes de que la puerta que comunicaba la sala de juntas con la cocina se cerrara.

Habían sido solamente unos segundos. Tiempo más que suficiente para fijarse en aquella cabellera rojiza y brillante que contrastaba con su piel de tono marfil y le caía esplendorosa a media espalda. También le dio tiempo de fijarse en los voluptuosos pechos, en la increíble cintura de avispa y en un trasero de lo más femenino.

Al instante, una potente oleada de testosterona se apoderó de él. Giannis estaba acostumbrado a controlar sus respuestas sexuales, así que se sorprendió sobremanera cuando se encontró teniendo una erección.

Rápidamente, lo achacó a que le gustaban las mujeres con un poquito más de carne y no aquellas modelos tan delgadas que se acercaban a él normalmente.

En cualquier caso, el hecho de que el deseo sexual se hubiera apoderado de él por sorpresa le molestaba, así que se apresuró a apartar a la pelirroja de sus pensamientos.

Lo que le debía de ocurrir era que necesitaba sexo.

Muy nerviosa ante la idea de volver a ver, por fin, a Giannis Petrakos, Maddie se apresuró a cargar la cafetera que estaba preparando.

Sabía que a Giannis le gustaba el café muy fuerte y muy dulce.

De repente, se encontró con que las lágrimas amenazaban con desbordar sus ojos, pero consiguió controlarse y avanzar empujando el carrito sin hacer ruido mientras los congregados alrededor de la mesa de la sala de juntas conversaban animadamente.

Al ver que nadie se había fijado en ella, se atrevió a levantar la mirada y a fijarse en el hombre que estaba junto a las ventanas. A pesar de que se había prometido a sí misma que sólo sería una fugaz mirada, se encontró con que no podía apartar los ojos de él.

Estaba impresionante.

Medio mareada, Maddie pensó que estaba todavía más guapo que cuando lo había visto por primera vez.

En los nueve años que habían transcurrido desde entonces, cualquier rasgo infantil que quedara en su rostro había desaparecido dando paso a un hombre hecho y derecho.

Maddie reconoció inmediatamente sus ojos, que eran como lagunas profundas y oscuras. En aquellos momentos, estaban clavados en la persona que estaba hablando.

–¿Qué haces que no sirves? –murmuró alguien en su oído.

Maddie dio un respingo y se apresuró a alargar el brazo en busca de una taza. Al hacerlo, Giannis giró la cabeza hacia ella. Maddie se quedó helada. De repente, sintió que el corazón le daba un vuelco y comenzaba a latirle aceleradamente. En ese instante, el mundo desapareció y sólo fue consciente de que se le había secado la boca y de que estaba sintiendo algo muy intenso en la entrepierna.

Maddie bajó la mirada muy confundida. No podía entender por qué le había costado tanto volver a concentrarse en lo que tenía entre manos.

«Café fuerte, solo y dulce», se recordó mientras se preguntaba qué demonios le había sucedido.

Cuando lo comprendió, se sonrojó de pies a cabeza. ¡No podría volver a mirarlo a la cara! Tras servir el café, añadió cuatro cucharadas colmadas de azúcar, lo revolvió y se dirigió hacia él.

Giannis sintió de repente que el aburrimiento se evaporaba. Seguro que, si no la hubiera vuelto a ver, no habría vuelto a pensar en ella, pero el hecho de tenerla tan cerca le hizo preguntarse si de verdad no habría vuelto a pensar en ella.

Giannis se sentó a la mesa mientras se preguntaba de dónde habría salido aquella belleza. Mientras la observaba, se dijo que le daba exactamente igual quién fuera. Aunque no era muy alta, tenía un rostro espectacular, unos labios voluminosos y sonrosados, igual de voluminosos que el resto de sus curvas y unos ojos verdes que le recordaban a los cristales de colores que solía recoger cuando era pequeño en la orilla del mar.

Aquel recuerdo le hizo sonreír. Su madre siempre había recibido aquellos regalos infantiles con desprecio. Cuando vio que la pelirroja de curvas maravillosas lo miraba con reverencia, aquellos recuerdos tan poco placenteros se esfumaron de su mente.

Maddie alargó el brazo y se dio cuenta de que le temblaba la mano. Giannis también se dio cuenta y se apresuró a agarrarla de la muñeca para que no derramara el café.

—Con cuidado.—le advirtió.

El contacto apenas duró unos segundos, pero fue tiempo más que suficiente para percibir que aquella mujer olía a flores, tiempo más que suficiente para que se volviera a excitar.

Al instante, por cómo lo estaba mirando, Giannis se dio cuenta de que aquella mujer era muy vulnerable. Al estar cerca de él, apenas se atrevía a respirar. Aquello se le antojó muy excitante. Al instante, se la imaginó sentada en su regazo y abriéndole la camisa que en aquellos momentos marcaba sus pechos, utilizando sus manos y su boca para jugar con los prominentes pezones que marcaban el algodón.

Su propia fantasía sexual lo sorprendió y se apresuró a descartarla con desdén. ¿Desde cuándo se dedicaba a tener fantasías sexuales con una camarera? Mientras probaba el café, sintió que la tensión sexual no desaparecía.

Nerviosa y humillada, Maddie se apartó sintiéndose como una payasa. ¿Qué pensaría Giannis de ella por mirarlo así? Seguro que se había dado cuenta de que lo miraba como una adolescente. Menos mal que ninguno de los presentes se había percatado del episodio de la taza. Maddie había mirado a su alrededor y había visto que nadie les prestaba atención.

–Este café no se puede beber –se quejó un hombre haciendo una mueca de disgusto.

Otro hombre lo secundó.

Maddie se sintió morir.

–Al contrario. Es el primer café decente que me dan en esta oficina –contestó Giannis con impaciencia–. Sigamos con la presentación.

En aquel momento, Annabel Holmes le hizo una señal a Maddie para que terminara y se fuera rápidamente. Deseosa de hacerlo, Maddie recogió el servicio de café a toda velocidad y se dispuso a cruzar la estancia. Al hacerlo, tropezó con un cable y el ordenador al que estaba enchufado dicho cable se fue con ella al suelo.

Durante un segundo, el silencio fue total.

Giannis se quedó mirando a la pelirroja con la boca abierta. Era una obra de arte aquella mujer, pero tenía muy mala suerte. Cada vez que se movía, provocaba un accidente.

–¿Por qué no mira por dónde va, señorita? –le dijo uno de los ejecutivos en tono angustiado.

–Lo siento mucho –contestó Maddie mirando el ordenador.

–Se ha roto el *pendrive* –se lamentó el hombre–, así que voy a tener que pedir que nos manden una copia de la presentación por correo electrónico –le dijo a Giannis.

Giannis sintió que la impaciencia se apoderaba de él, pues no tenía tiempo que perder. Tenía muchas cosas que hacer. Además de haber estado a punto de escaldarlo, la pelirroja acababa de dar al traste con la reunión.

–¿Cómo puede ser usted tan increíblemente torpe? –murmuró con frialdad.

Horrorizada ante el daño que había causado y destrozada ante aquel comentario, Maddie se apresuró a ponerse en pie.

–Lo siento mucho. No he visto el cable.

En aquel momento, Giannis se preguntó por qué aquella mujer le resultaba conocida. Se fijó entonces en que estaba al borde de las lágrimas y también en que llevaba su nombre colgado de una etiqueta del pecho, pero desde donde estaba no alcanzaba a leerlo.

–¿Cómo se llama usted, señorita? –le preguntó fijándose en sus labios.

–Maddie... eh... Madeleine Conway –contestó percibiendo que Annabel le hacía una señal con la cabeza para que saliera de allí inmediatamente.

Maddie recuperó el carrito y se apresuró a hacerlo.

Una vez en la cocina, se sentía tan avergonzada, humillada y furiosa consigo misma que tuvo que lavarse la cara con agua helada para soportar la situación.

Cuando, por fin, había conseguido conocer a Giannis Petrakos no había podido crearle una impresión peor. Desde luego, los nervios no la habían ayudado en absoluto. Tampoco el no saber comportarse en presencia de un hombre guapo.

Claro que eso no era de extrañar cuando se había pasado toda la adolescencia cargada de responsabilidades familiares. Le había sido completamente imposible tener vida social, no había salido con ningún chico del colegio y apenas había tenido amigos porque no había tenido tiempo libre para quedar ni para salir.

Aunque el hecho de pasar mucho tiempo con sus abuelos la había hecho madurar, cuando se había ido a vivir a Londres en busca de trabajo, después de que su abuela muriera, se había dado cuenta de que se sentía muy incómoda con gente de su edad.

Mantener relaciones sexuales como si tal cosa y beber en exceso no eran cosas que le gustaran hacer.

Pero aquél no era el asunto.

Lo que importaba realmente era que hasta que no había mirado a Giannis Petrakos no se había dado cuenta de lo que era realmente sentirse atraída por un hombre.

En aquel momento, la mente se había parado y su cuerpo había tomado el mando, reaccionando por su cuenta. La fuerza de su reacción física la había tomado completamente por sorpresa.

Maddie recordó las partes de su anatomía que se habían excitado y se preguntó si Giannis se habría dado cuenta de cómo lo estaba mirando. Al sospechar que había sido así, no pudo evitar hacer una mueca de disgusto.

Seguro que estaba acostumbrado a que las mujeres se sintieran atraídas por él, pero también tenía derecho a esperar un comportamiento más prudente por parte de una empleada.

–Señorita Conway –le dijo Annabel desde la puerta–, me gustaría hablar un momento con usted, por favor.

Maddie palideció y se giró obedientemente, dejando el carrito, para ir hablar con la coordinadora.

–¿Está usted bien? La caída ha sido un poco fuerte –comentó Annabel algo preocupada.

–Estoy bien, sólo mi dignidad ha resultado magullada –contestó Maddie–. ¿Han podido seguir adelante con la presentación?

–No, el señor Petrakos no ha podido esperar a que llegara otra copia. Tenía otra reunión. No suele venir mucho por aquí y, cuando lo hace, suele ser con un horario muy apretado. Lo malo es que no olvida jamás los errores ni los imprevistos –se lamentó Annabel–. Ha sido un error por mi parte pedirle que sirviera el café...

–¡No, el error ha sido mío! –protestó Maddie.

–Me temo que el señor Petrakos no puede soportar que las cosas salgan mal. Supongo que me asociará de por vida con esta presentación que no pudo ser.

Maddie se sintió culpable al instante.

–Pero he sido yo la que lo ha estropeado todo y, además, seguro que es un hombre razonable.

Annabel se rió con amargura.

–Veo que está usted sufriendo el efecto Petrakos –comentó–. Nos pasa a todas las primeras veces. Al principio, se nos para el corazón cada vez que lo vemos. Ahora, el mío se para, pero no de placer sino de pánico –confesó–. Sí, es cierto que es muy guapo, pero es frío como el hielo y no quiere nada que esté por debajo de la perfección. Si no eres perfecta, se deshace de ti rápidamente.

La primera reacción de Maddie fue contradecirla, pero se mordió la lengua, pues acababa de vivir en sus propias carnes que, efectivamente, Giannis Petrakos no se andaba por las ramas a la hora de comentar en voz alta lo que opinaba de sus empleados torpes.

Maddie se disculpó de nuevo, pues le pareció que la coordinadora estaba preocupada por el futuro de su trabajo.

–Es lo que tiene de bueno ser temporal –contestó Annabel encogiéndose de hombros–. Mañana, usted estará en otro lugar empezando desde cero y sin ningún error en su expediente.

Maddie recogió las tazas que habían quedado en la sala de juntas diciéndose que Annabel estaba equivocada respecto a Giannis Petrakos.

Claro que, por otra parte, ¿qué sabía ella de aquel hombre? ¿Y si realmente el trabajo de Annabel estuviera en peligro por su culpa? ¿No debería ir a hablar con él para esclarecer la situación y cargar con la culpa que le correspondía? Lo justo sería que en la memoria de Giannis Petrakos aquel incidente poco afortunado quedara para siempre asociado con una trabajadora temporal muy torpe.

Sí, Maddie decidió que al día siguiente haría todo lo que estuviera en su mano para hablar con él. Sí, seguro que había un momento, muy pronto por la mañana o a última hora del día, en el que podría hablar con él a solas.

Siempre podría prepararle una taza de café y utilizarlo como excusa para interrumpirlo. Con un par de minutos sería suficiente.

Capítulo 2

GIANNIS se despertó acalorado.
Había tenido un sueño erótico, lo que le hizo maldecir en voz alta.

Maddie, la pelirroja torpe, le excitaba sobremanera. ¿Qué tenía aquella mujer? ¿Acaso era su aspecto de fruta prohibida? ¿Acaso era la posibilidad de tener sexo en la oficina? Giannis nunca había mantenido una relación sexual en la empresa, pero no había sido por falta de oportunidades.

Innumerables empleadas se le habían insinuado. Más de una se había incluso desnudado, pero siempre las había rechazado, exactamente igual que había rechazado las miradas y las invitaciones tanto verbales como escritas.

Lo cierto era que no le gustaba mezclar el placer con el trabajo. Esperaba de sus empleadas disciplina y motivación y no que anduvieran corriendo detrás de él como locas.

Giannis se dijo que no debía buscarla, que no sacaría nada en limpio si lo hacía.

Por otra parte, pensó mientras desayunaba a primera hora de la mañana, no había razón para no buscarla una vez hubiera terminado su contrato temporal en Petrakos Industries.

Mientras pensaba una y otra vez en aquella posibilidad en el camino hacia el trabajo, Giannis se encontró preguntándose por qué llevaba pensando en Maddie Conway desde que se había despertado.

Ni siquiera entendía por qué demonios recordaba su nombre. Qué raro. Aquello no era propio de él. ¿Desde cuándo había sido el sexo tan importante para él? Todo lo que necesitaba sexualmente hablando lo tenía cubierto gracias a dos sofisticadas bellezas, una en Londres y otra en Grecia.

Ambas entendían sus necesidades perfectamente y las satisfacían con estilo y discreción.

Giannis llamó a su amante inglesa y quedó con ella para verse después de comer.

Evidentemente, necesitaba una sesión de buen sexo.

A mediodía, Maddie se encontró bostezando sin parar.

Le habían pedido que hiciera fotocopias y la tarea era tan tediosa que podría haberse quedado dormida de pie.

A su lado, Stacy bostezaba también.

—Siempre nos dan los trabajos que nadie quiere hacer —se quejó su compañera con amargura—. Siempre nos toca hacer fotocopias o contestar el teléfono.

—Yo no tengo cualificación para hacer mucho más —respondió Maddie.

—Yo creo que esa asquerosa de Annabel se pasó ayer toda la noche pensando en lo más aburrido que hubiera por hacer para encargárnoslo a nosotras —se quejó Stacy metiendo más papel en la fotocopiadora.

Maddie levantó la cabeza al oír que alguien se acercaba por el pasillo.

–No es tan mala persona... –le aseguró.

A continuación, su voz se convirtió en un hilo al ver quién era la persona que se había parado en la puerta.

Giannis Petrakos, que en aquel momento acababa de terminar de hablar por teléfono, se paró y giró la cabeza.

–¿Acaso hay alguien que a ti no te caiga bien? –estaba preguntando Stacy algo irritada y de espaldas a la puerta–. No es normal que siempre tengas un comentario agradable sobre todo el mundo.

Maddie abrió la boca para defenderse ante aquel comentario, pero no emitió ningún sonido, pues los profundos e incisivos ojos oscuros que estaban clavados en ella se lo impidieron. El corazón le latía tan aceleradamente que le retumbaban por dentro de los oídos y se le había puesto la piel de gallina.

Y, de repente, Giannis siguió avanzando. Se alejó por el pasillo, dejándola de nuevo confusa y sorprendida.

¿Qué demonios estaba ocurriendo? ¡Giannis apenas la había mirado un par de segundos, pero la había dejado completamente paralizada! ¿Por qué demonios no había sonreído y se había comportado como una persona normal?

Le encantaría decirle que jamás olvidaría lo feliz que había hecho a su hermana, pero no lo haría nunca, pues su abuela lo había hecho en el momento y Giannis se había sentido muy incómodo.

Maddie no estaba dispuesta a cometer el mismo error.

En cualquier caso, después de tantos años, seguramente Giannis Petrakos ni siquiera se acordaría de su hermana.

–¿Hola? ¿Me estás escuchando? –le dijo Stacy chasqueando los dedos delante de su cara para que le hiciera caso.

Una vez en su despacho, Giannis se encontró de nuevo haciendo algo que no solía hacer nunca: cuestionarse sus acciones.

No comprendía lo que estaba sucediendo. Nada más salir de la sala de juntas, se había quitado de encima a su cohorte de empleados personales y se había dedicado a inspeccionar estancias de la empresa en las que jamás entraba.

¿Por qué? ¿Qué le había llevado a hacer una cosa así? Por primera vez en su vida, había hecho algo que no estaba planificado y ni siquiera sabía por qué lo había hecho.

Estaba exasperado ante la sospecha de que la motivación hubiera sido el deseo subconsciente de querer volver a ver a la pelirroja, y estaba molesto porque esa mujer que parecía salida de un cuadro de Tiziano tenía la piel tan delicada y los pechos tan voluminosos como los recordaba.

De hecho, ataviada con una sencilla camisa blanca y una falda negra y estrecha que marcaba sus maravillosas curvas, le había parecido todavía más guapa que el día anterior.

Aquello le incomodaba.

Estaba yendo hacia casa de su amante cuando le llamó Krista.

–He decidido que el tema central de nuestra boda va a ser la Grecia antigua –anunció su prometida muy emocionada–. Como dijiste que querías una boda tradicional, se me ha ocurrido que no hay nada más tradicional que los dioses de la antigüedad.

–Eran paganos –contestó Giannis con sequedad.

–¿Y qué? La devoción está completamente pasada de moda. Nuestra boda va ser el evento del año. He pensado que tú podrías ser Zeus, el rey de los dioses, y yo Afrodita, la diosa de la belleza...

–Según Homero, Zeus y Afrodita eran padre e hija –objetó Giannis, que no tenía ninguna intención de ataviarse con túnica y manto ni de convertir en un evento social lo que para él era un acontecimiento privado y serio.

Ojalá nadie le dijera a su prometida que Adonis había sido uno de los muchos amantes de Afrodita.

Un cuarto de hora después, Giannis estaba saludando a su amante inglesa, convencido de que una buena sesión de sexo con ella le haría recuperar la cordura y la racionalidad.

Durante las últimas veinticuatro horas, se había dado cuenta de que no estaba siendo él. Aunque no estaba acostumbrado a autoexaminarse, lo hizo y se encontró con que no podía soportar tener pensamientos fuera de un marco disciplinado, que no podía soportar no dormir bien y que no podía soportar estar de mal humor.

Por desgracia, en cuanto vio a la preciosa modelo rubia que era su amante se dio cuenta de que ya no la encontraba atractiva. De repente, y por ninguna razón que pudiera comprender, no lo excitaba en absoluto. Y lo que era más preocupante, se encontró comparándola con Maddie Conway.

Para un hombre que funcionaba guiado por la

lógica pura, aquellas reflexiones mentales le resultaban insoportables.

Tras informar a la maravillosas rubia de que su relación había terminado, lo que ella aceptó con elegancia sabiendo que percibiría una buena suma de dinero por los servicios prestados, Giannis volvió a subirse en su limusina.

No había podido apaciguar su tensión sexual ni tampoco había comido. Estaba impaciente y aquello tampoco le gustaba. Estaba acostumbrado a que tanto su vida personal como su vida laboral funcionaran como un reloj, estuvieran siempre muy organizadas y cumplieran a la perfección con sus expectativas. Le gustaba que todo en su vida, absolutamente todo, fuera predecible.

Por eso, precisamente, había elegido a Krista como esposa, porque sabía perfectamente que jamás demandaría nada que él no quisiera darle. Él era el único hijo vivo que les quedaba a unos padres egoístas e irresponsables, y no estaba dispuesto a correr riesgos en su vida privada. Tenía un deseo sexual muy fuerte que solía apaciguar sin dejarse llevar por las emociones y, aunque era experto en mantener relaciones superficiales, tampoco era que se dedicara a ir por ahí acostándose con cualquiera.

En resumen, que correr detrás de una trabajadora pelirroja por la oficina no era su estilo.

Además, aquella mujer no era de su clase social. Ni siquiera era su tipo, pues a él le solían gustar las rubias de piernas largas.

Aun así, no podía dejar de pensar en aquella mujer de complexión blanca como el marfil, ojos verdes como la hiedra y boca rosa como las fresas.

Estaba furioso.

Se dijo que sería completamente estúpido por su parte buscar tener una relación con una empleada, aunque fuera temporal, aunque lo hubiera mirado con una reverencia que lo había excitado sobremanera.

Aquella misma tarde, Maddie se dijo que le quedaba poco tiempo para buscar a Giannis Petrakos y aclarar el incidente del ordenador.

En menos de una hora, saldría del edificio en el que estaba ubicada la empresa Petrakos. Al día siguiente, estaría trabajando en otro lugar.

Había escuchado, cuando le había dicho a Stacy que se encargara de la centralita telefónica, que el gran jefe estaba en su despacho y que no le pasaran llamadas.

La oportunidad no podía ser mejor.

Así que preparó un café tal y como le gustaba a Giannis Petrakos y avanzó por el pasillo en dirección a su despacho. Se sentía muy nerviosa. Cuando llegó ante la puerta, llamó. Nadie contestó. Temerosa de que alguien se diera cuenta de su presencia y le impidiera verlo, puso la mano sobre el pomo y se dispuso a abrir la puerta.

–¿Puedo ayudarla en algo? –le preguntó un hombre del tamaño de un rascacielos que apareció de repente y la agarró del codo.

Tenía acento extranjero.

–Traigo un café para el señor Petrakos. ¿Y usted quién es?

–Nemos, el jefe de seguridad del señor Petrakos –contestó el hombre fijándose en la etiqueta que Maddie llevaba con su nombre y sorprendiéndola al abrir la puerta para ella–. Muy bien, adelante, señorita Conway.

El despacho del director general de Petrakos Industries era un lugar enorme decorado en estilo contemporáneo.

Maddie no veía a nadie, así que se quedó en el sitio hasta que escuchó un sonido que procedía de un despacho que había en el otro extremo de la estancia y cuya puerta estaba abierta.

Con el corazón desbocado, se acercó hacia allí. Al llegar, vio que daba a un pasillo. Miró a derecha e izquierda.

–¿Quién es? –preguntó una voz que conocía muy bien.

–Le traigo un café, señor Petrakos... –contestó Maddie.

Al atravesar el umbral de la puerta, Maddie se dio cuenta del error que acababa de cometer, pues se acababa de meter en una zona de vestuarios completamente cubierta de espejos.

En aquel momento, Giannis Petrakos apareció ante ella, con el pelo mojado y revuelto, la camisa blanca abierta y el pecho al descubierto. Llegaba descalzo y terminando de abrocharse los pantalones.

–Oh... Oh, Dios mío. ¡Lo siento mucho! –se disculpó Maddie muerta de vergüenza.

Sorprendido ante su presencia porque sus guardaespaldas eran muy eficientes a la hora de proteger su intimidad, Giannis se quedó observándola atentamente. No podía dar crédito. ¿Cómo demonios habría logrado burlar a su equipo de seguridad?

Sin embargo, cuando su belleza hizo mella en él,

su respuesta sexual fue tan fuerte e instantánea que pudo más que la sorpresa, y Giannis se encontró pensando en que la pelirroja había entrado en su despacho privado sin invitación y en que estaban solos y nadie se atrevería a molestarlos.

–Creía que era otro despacho... no tenía ni idea –se disculpó Maddie dando un paso atrás–. Por favor, perdone mi intrusión.

–¿Me has traído un café? –sonrió Giannis alargando el brazo para aceptarlo–. Qué amable por tu parte.

El impacto de aquella sonrisa inesperada dejó a Maddie desmadejada, sintiendo que el estómago le daba un vuelco y que el oxígeno no le llegaba a los pulmones. Tenía que conseguir no bajar la mirada más allá de sus ojos.

Era consciente de que había ido a decirle algo, pero no recordaba exactamente qué.

–Señor Petrakos... le ruego que me disculpe.

–No –contestó Giannis.

–¿Perdón? –se sorprendió Maddie, poniéndose todavía más nerviosa ante el intenso escrutinio del que estaba siendo objeto.

Aunque se estaba poniendo nerviosa, le estaba gustando que la mirara así. A ella también le gustaba mirarlo y se encontró haciéndolo sin vergüenza, disfrutando de los pómulos, del brillo de su mirada, de su arrogante nariz, de su piel oscura y de su apasionada boca.

–He dicho que no, que no la disculpo –insistió Giannis tomando la taza de café que Maddie sostenía en la mano y dejándola sobre la encimera–. Quiero que te quedes y que hablemos.

–¿Qué hablemos? –repitió Maddie recuperando

parte de la concentración–. Claro, sí, querrá saber qué hago aquí...

–Eso me lo imagino, más o menos –murmuró Giannis en tono divertido, en el tono de un hombre que está acostumbrado a que las mujeres lo intercepten a la menor oportunidad.

Desconcertada por aquella respuesta, Maddie parpadeó y se sonrojó.

–Quiero que le quede claro que el incidente que se produjo ayer durante la presentación fue culpa mía. No vi el cable y...

Giannis la agarró de la mano.

–Estás muy nerviosa.

Maddie sintió un batallón de mariposas revoloteando en su abdomen. Sentir la mano de Giannis sobre la suya, la calidez y la suavidad de su piel, la estaba poniendo todavía más nerviosa. Aunque estaba sorprendida de que la tocara con tanta naturalidad, también se lo agradecía.

–Por eso precisamente, por los nervios, me tropecé...

A Giannis no le interesaba en absoluto aquel tema de conversación. Él tenía muy claro lo que quería, así que se apartó el puño de la camisa y consultó su reloj de platino suizo.

–Dentro de diez minutos, ya no trabajarás para mí –anunció–. ¿Tengo que esperar tanto para besarte?

Maddie lo miró con los ojos muy abiertos y no contestó.

–Lo digo porque jamás pongo a una empleada en una situación comprometida –le explicó Giannis con amabilidad.

Maddie no se podía creer lo que acababa de es-

cuchar. Giannis le había pedido permiso para besarla. Eso quería decir que la encontraba atractiva.
¿Sentiría por ella lo mismo que ella sentía por él?
Aquella posibilidad la llenó de gozo, haciendo que
su habitual prudencia desapareciera.

–Madeleine... –insistió Giannis.

Al oír cómo pronunciaba su nombre, Maddie se
estremeció de pies a cabeza.

–No me pones en ningún compromiso –le aseguró cuando encontró de nuevo su voz.

–Ya me lo imaginaba, *glikia mou*.

Dicho aquello, Giannis se acercó a ella con aire
de macho experimentado cuando, en realidad, estaba nervioso, lo que no le ocurría nunca. El deseo se
había apoderado de él con tanta intensidad que,
cuando alargó el brazo para soltarle el pelo a Maddie, le tembló la mano.

Sorprendida, Maddie se llevó las manos a la melena, que le caía en cascada por la espalda. Se encontraba atrapada por la expectativa y apenas podía
pensar ni hablar.

Giannis le acarició un mechón de pelo y sonrió
encantado.

–Tienes un pelo maravilloso... deberías llevarlo
siempre suelto.

–Me molestaría para hacer las cosas –contestó
Maddie, riéndose nerviosa.

–A mí no me va molestar en absoluto para ha-
certe unas cuantas –comentó Giannis deslizando
sus dedos por el cabello de Maddie e inclinándose
sobre ella.

Maddie estaba como loca por que la besara. Lo
cierto era que sus ganas le daban vergüenza, pero
no podía evitarlo. Sentía un nudo de anticipación

entre las piernas que apenas le permitía tenerse en pie. Con el corazón latiéndole aceleradamente y la respiración entrecortada, se echó un poquito hacia delante.

La punta de la lengua de Giannis trazó el contorno de sus labios y se estremeció. A continuación, sintió cómo su lengua se situaba entre sus labios y pulsaba para entrar. La cabeza le daba vueltas y apretó los puños, clavándose las uñas en las palmas de las manos. Tenía el cuerpo rígido y los pezones endurecidos, a punto de estallar.

Se moría por abrazarlo, pero no se lo permitió.

—Podría devorarte —gimió Giannis tirándole suavemente del pelo hacia atrás para dejar su garganta al descubierto.

Maddie sentía que la adrenalina recorría sus venas como una descarga eléctrica. Al mirarlo a los ojos, se sintió volar y se dijo que se iba a dejar hacer.

Como si le hubiera leído el pensamiento, Giannis dejó caer su boca sobre la delicada piel de su garganta y se dedicó a torturarla con maestría, haciéndola jadear con su lengua.

Con la otra mano, la apretó contra su cuerpo. Para cuando se apoderó de su boca, Maddie se entregó con pasión, completamente excitada.

—Eres increíble —comentó Giannis con voz grave.

—Tú también... —contestó Maddie mirándolo a los ojos.

Era absurdo, pero sentía una sensación de conexión con aquel hombre. No tenía sentido, pero así era. Tenía la sensación de que todas y cada una de las terminaciones nerviosas de su cuerpo estaba pegando brincos de alegría y celebrando aquel momento.

Tuvo que apoyarse en él porque se sentía mareada y las piernas no la sostenían. De repente, recordó a otros hombres a los que había besado y se dio cuenta de que jamás había sentido el deseo que estaba sintiendo en aquellos momentos.

Giannis le pasó un brazo por las corvas y la levantó. Sin dejar de besarla, avanzó hacia algún lugar y, al poco tiempo, la depositó sobre una superficie blanda. Sorprendida, Maddie abrió los ojos y se encontró sobre una cama.

Aquello la tensó momentáneamente, pero Giannis supo acariciarle la mejilla para devolverle la tranquilidad.

–Te deseo, *glikia mou*.

–Sí...

Aunque le parecía completamente extraordinario, lo creía absolutamente y se sentía increíblemente feliz. Era cierto que Giannis la miraba con deseo, y aquello hizo que Maddie dejara de pensar racionalmente y diera paso al instinto, lo que la hizo alargar los brazos y apoderarse de la boca de Giannis.

Giannis le quitó la camisa. Maddie ni siquiera se había dado cuenta de que se la había desabrochado y, antes de que le diera tiempo de reaccionar, Giannis le había quitado también el sujetador, que cayó al suelo.

Al sentir que sus pezones entraban en contacto con el vello del torso de Giannis, Maddie no pudo evitar suspirar de placer. Satisfecho, Giannis se apoderó de sus voluptuosos senos.

–Me encanta tu cuerpo, *glikia mou* –jadeó sin parar de besarla.

A continuación, se apoderó de sus pezones.

Maddie sentía la respiración entrecortada y no se podía creer todavía lo que estaba sucediendo, pero se encontró jadeando de placer.

Nunca había estado tan excitada. No podía oponer resistencia.

Giannis la observó y se dijo que le encantaba acostarse con aquella mujer que vivía el sexo con naturalidad y sencillez.

Su asombro ante lo que estaba sintiendo le hizo sospechar que no tenía mucha experiencia con los hombres. De repente, aquello le excitó sobremanera. No había estado tan excitado desde que era adolescente.

Giannis se dijo que aquella mujer había ido a buscarlo por voluntad propia y que no había nada de malo en darse placer mutuamente.

–Eres preciosa –le dijo sinceramente mientras le bajaba la falda por las caderas.

«Lo mismo digo», pensó Maddie sonrojándose.

Estremeciéndose, se perdió en la atracción que sentía por él aunque se sentía también increíblemente tímida. Giannis le apartó la mano cuando Maddie intentó cubrirse los pechos y, por si le habían quedado ganas de volver a intentarlo, se inclinó sobre ella y atrapó entre sus labios uno de sus pezones, al que atormentó con la lengua hasta dejarlo dolorido de deseo.

Instintivamente, Maddie arqueó la espalda hacia delante mientras sus caderas descubrían un ritmo sinuoso acompasado a la humedad que sentía entre las piernas.

Giannis se incorporó para quitarse la camisa y, mientras lo hacía, la besó con pasión. Maddie se sentía electrificada por el erotismo que le producía sentir la erección de Giannis en el bajo vientre.

crecido junto a una abuela que le hab[...]
[...] la mujer debía ponerle los límites [...]
[...]ediatamente se sintió culpable por l[...]
[...] de suceder.

[...]ás colgar el teléfono, Giannis se di[...]
[...] detalle que lo sacó también de su sen[...]
[...]tasis.

[...]ervativo se ha roto —anunció.

[...] se incorporó, desesperada por salir de[...]

[...] tomando algún tipo de píldora anticon-
[...]lgo así? —preguntó Giannis, intentando
[...]n lo desastroso que podría ser que se hu[...]
[...]do embarazada.

[...] posibilidad de un embarazo no deseado,
[...] estremeció. El castigo por haberse com-
[...]omo una cualquiera podría ser terrible.
[...]a vergüenza y la humillación comparado
[...]rse embarazada?
[...]murmuró.

[...]s se dio cuenta de que Maddie se había
[...]odo lo que había podido.
[...]quila, seguro que no pasa nada —la tranqui-
[...] vez en cuando, estas cosas ocurren, pero
[...]or qué pasar nada, no tiene por qué ser un

[...]o que no —contestó Maddie mortificada.
[...]ampoco quería que se produjera un emba-
[...]o el comportamiento de Giannis dejaba pa-
[...] se había comportado como una imbécil y
[...]a fresca. Evidentemente, Giannis opinaba
[...]a un desastre que una mujer como ella se
[...]quedado embarazada de un hombre como

—Mira cómo me has puesto —gimió Giannis agarrándola de la mano y colocándosela sobre su erección.

La sorpresa y la excitación se apoderaron de
Maddie mientras Giannis se apretaba contra su
mano con una necesidad que la dejó sin palabras.

—Giannis...

Al oír su nombre de labios de Maddie, Giannis
reaccionó con una fiereza que la sorprendió.

—Me tienes loco —jadeó, atrapándola bajo su
cuerpo y besándola de nuevo mientras le quitaba las
braguitas.

Maddie se tensó, sintiéndose repentinamente
vulnerable al estar completamente desnuda. ¿Qué
estaba haciendo? ¿Qué demonios estaba haciendo?

Una cosa era que Giannis Petrakos hubiera sido
su amor a los catorce años y otra muy diferente era
acostarse con él a la primera de cambio olvidándose
de todas las normas que dictaba el sentido común.

Al sentir los dedos de Giannis sobre su vello pú-
bico, todos aquellos pensamientos abandonaron su
mente y, al instante, Maddie sintió que su cuerpo
comenzaba a danzar de anticipación.

—Tranquila, *pedhi mou* —le dijo Giannis, intentando controlar su apetito.

Cuando acarició su sexo y la sintió estremecerse, se sintió el hombre más poderoso del mundo. Al
comprobar lo empapada que estaba, su excitación
alcanzó cotas inimaginables. La intensa respuesta
de Maddie lo animó a seguir adelante, recorriendo
los rosados pliegues de su cuerpo hasta encontrar la
perla de su clítoris.

Al acariciarla, desató una tormenta de sensaciones que la hicieron gritar. El erotismo del momento

la hizo perder el control y la llevó al filo de la de-
sesperación.

—No puedo soportarlo... –protestó, girando la cabeza a un lado y al otro sobre la almohada sin saber
apenas lo que decía al estar atrapada en aquel mundo de tormento sensual.

Giannis, que se sentía completamente excitado y
que se moría por llegar hasta el final, no necesitó
que se lo repitiera dos veces, así que la penetró con
fluidez, gimiendo satisfecho. En el mismo momento en el que avanzaba por el pasadizo húmedo y es-
trecho, Maddie dejó escapar un grito de dolor.

Giannis se paró en seco y la miró atónito.

—*Theos mou*... Madeleine, no puede ser.

Maddie cerró los ojos con fuerza, se dijo que era
demasiado tarde para preocuparse, abrazó a Giannis
y lo urgió en silencio a que siguiera adelante.

Giannis se estremeció y se apartó un poco, pero
para volver a entrar en su cuerpo con más determi-
nación aquella vez.

Maddie volvió a excitarse y lo recibió encantada, volviendo a perder el control, dejándose llevar
por los movimientos instintivos de su pelvis.

Giannis no paraba de moverse, adentro y afuera,
adentro y afuera, y Maddie gritaba excitada. Aquel
placer que parecía no tener fin iba en aumento...
hasta que Maddie alcanzó el clímax y sintió glorio-
sas oleadas de éxtasis que recorrían su cuerpo, haciéndolo temblar, hasta que se quedó sin moverse,
disfrutando de lo que había sucedido.

Giannis le apartó el pelo del rostro, la besó en la
frente y se preguntó a qué demonios estaba jugando, pues jamás había fingido cariño después de un
buen encuentro sexual.

Así que, como si
bruscamente. Sin e
movió, la obligó a
más. Quería mucho
una sesión de sexo ta

Algo que se había
nótona, como duchars
velaba repentinamente
posibilidades eróticas.

Aquella mujer era u
Con los movimiento
bre el colchón y apartó
se diera cuenta. Efecti
de sangre. Sí, era virgen

Giannis se sorprendi
una chica sin experienc
de que le hubiera entreg
tojaba increíblemente e
muy cerca de ella por ha

Así que no había nada
Había introducido a a
xual, así que era toda suy

Giannis decidió no ha
respecto. ¿Por qué darle i
lo había hecho?

En aquel momento, el t
la cama comenzó a vibra
Nemos para recordarle que
preparado para llevarlo a B

Mientras escuchaba la
Maddie salió de su éxtasis y
vergüenza se había apoderad
taba consternada. Estaba rea
lo que le había permitido hac

Al haber
enseñado q
hombre, in
que acababa

Nada m
cuenta de u
sación de é

—El pres
Maddie
allí.

—¿Estás
ceptiva o a
no pensar e
biera queda

Ante la
Maddie se
portado c
¿Qué era
con queda

—No –
Gianni
apartado

—Tran
lizó–. De
no tiene
desastre.

—Clar
Ella t
razo, per
tente que
como u
que seri
hubiera
él.

Maddie se agachó en busca de su camisa y se apresuró a ponérsela.

–Madeleine...

Maddie lo miró sin dejar de vestirse. Tenía prisa por irse.

–No hay nada que decir –lo interrumpió, dispuesta a escapar de allí cuanto antes–. No pasa nada. Todo irá bien.

Giannis, que no estaba acostumbrado a que lo interrumpieran, se levantó de la cama en el mismo instante en el que Maddie se metía a toda velocidad en el baño. Al instante, le cerró la puerta en las narices. Giannis no pudo evitar enarcar las cejas al oír el pestillo.

Detrás de la puerta, Maddie se vistió a toda velocidad. Estaba tan nerviosa que no acertaba a abrocharse los botones.

¿Qué demonios había hecho? Se acababa de acostar con un hombre al que apenas conocía. Había cometido un error detrás de otro y todo porque le parece increíblemente atractivo. Evidentemente, Giannis se había dado cuenta y, cuando había entrado en su despacho privado sin previo aviso, lo había tomado como una invitación. Obviamente, con lo guapo y lo rico que era, debía de estar acostumbrado a que las mujeres quisieran acostarse con él y, ¿qué hombre joven y soltero iba a dejar pasar una oportunidad así?

Maddie descorrió el pestillo con sigilo, abrió la puerta y salió en silencio.

Giannis la miró a los ojos y se dio cuenta de que su presencia no le era grata. Ninguna mujer lo había mirado jamás así, así que se dijo que debía de estarse equivocando.

–Me tengo que ir. Me está esperando el avión.

–Claro –murmuró Maddie pasando a su lado.

–Ya hablaremos cuando vuelva –insistió Giannis a pesar de que no tenía ninguna intención de romper su regla de oro: jamás hablar de una relación con una mujer.

–Yo...

Antes de que a Maddie le diera tiempo de continuar, sintió los dedos de Giannis sobre las mejillas.

–Te llamaré cuando vuelva –le dijo besándola con naturalidad.

–No, no me llames –contestó Maddie sonrojándose.

Al instante, se enfadó consigo misma por aceptar aquel último beso. Giannis la miró sorprendido.

–Supongo que estarás deseando olvidar lo que ha sucedido –se apresuró a explicarle Maddie.

–No, nada de eso. Estaremos en contacto, *glikia mou* –contestó Giannis sonriendo encantado y dirigiéndose a la ducha.

Giannis era un hombre muy seguro de sí mismo. Las mujeres siempre respondían a sus atractivos. Maddie apenas se había atrevido a mirarlo a los ojos, pero sus labios habían respondido sin dudarlo.

¿Creía que necesitaba alguna excusa para volver a verla? A Giannis le entraron ganas de reírse mientras se maravillaba de su ingenuidad. Era evidente que Maddie debía de sentirse abrumada por lo que había sucedido, pero ya se le pasaría.

Con su ayuda, la vida normal y corriente de Maddie estaba a punto de cambiar para convertirse en algo mucho más estimulante.

Maddie se iba a convertir en breve en la invitada de honor de su dormitorio.

Capítulo 3

AL salir del despacho de Giannis, Maddie sintió un gran alivio, pues la mayor parte del personal se había ido ya a casa. Recogió su bolso y su chaqueta y estaba a punto de llegar al ascensor cuando la interceptó el jefe de seguridad.

–El señor Petrakos me ha pedido que me encargue de que llegue usted a casa sana y salva –la informó el hombre–. Hay un coche esperándola abajo, en la entrada de atrás.

Sorprendida por su repentina aparición, Maddie lo miró confusa. Al instante, se sonrojó. No podía soportar la idea de que aquel hombre supiera lo que acababa de estar haciendo con su jefe.

–No, gracias –contestó agitada.

A continuación, y mientras el jefe de seguridad la miraba anonadado, se metió a toda velocidad en el ascensor y no respiró hasta que no hubo dejado atrás el edificio. Se iba con la certeza de que jamás volvería a poner un pie en aquel lugar y, una vez en el autobús, mientras volvía a casa, el remordimiento por lo que había ocurrido se apoderó de ella.

¿Qué demonios le había sucedido para entregar su cuerpo un hombre al que apenas conocía? Lo cierto era que Giannis no le había parecido un desconocido por completo, había sido como si se cono-

cieran. Precisamente eso debía de haber sido lo que
la había arrastrado. Se había comportado como una
fresca.

Hacía nueve años que había conocido a Giannis
Petrakos, nueve años que lo había visto por primera
vez. Por aquel entonces, Maddie contaba apenas catorce años. Había sido cuando Giannis había visita-
do a su hermana Suzy en el hospital.

En aquella época, Giannis estaba a punto de
cumplir veintidós años y tenía fama de playboy,
pero, sin que nadie lo supiera, dedicaba tiempo y
dinero a niños con enfermedades terminales.

Nacido y criado en un mundo de incalculable ri-
queza y privilegio, se había sentado junto a Suzy y
había hablado con ella con total naturalidad. Al enterarse de que le encantaba el vocalista de un famoso grupo musical, le había llevado al cantante al
hospital donde su hermana había pasado sus últimas
semanas de vida. Gracias a él, el mayor sueño de
Suzy se había hecho realidad. Aquello la había hecho tan feliz que había hablado de ello hasta incluso
minutos antes de morir.

Maddie jamás había olvidado lo feliz que Giannis Petrakos había hecho a su hermana. Ahora, se
daba cuenta de que lo había idealizado, y se había
creído que lo conocía cuando, en realidad, no era
así. De repente, se le ocurrió que lo de Annabel había sido una excusa para acercarse a él. ¿Por qué no
se había retirado inmediatamente en cuanto se había
dado cuenta de que estaba casi desnudo? El interés
que había mostrado en ella se le había subido a la
cabeza y no había tenido fuerza de voluntad para
resistirse a la tentación.

Al recordar todo lo que habían hecho, sintió

unos pinchazos de excitación entre las piernas. La pasión le había hecho traicionar sus valores.

Mientras llegaba a casa, recordó que el preservativo se había roto y sintió que el miedo se apoderaba de ella. Ojalá Giannis tuviera razón y no pasara nada, pues la idea de haberse quedado embarazada tras una noche de lujuria y de un hombre a quien la posibilidad le parecía un desastre no era muy halagüeña.

Los días pasaban lentamente.

Maddie se sentía nerviosa, preocupada e incómoda.

Ella, que normalmente vivía en paz, veía ahora como su existencia se llenaba de desazón. Cada vez que sonaba el teléfono, corría a contestar, pero siempre era de la agencia de trabajo temporal o del supermercado en el que hacía el turno de fin de semana.

Cuando se dio cuenta de que estaba esperando con ansiedad que Giannis la llamara, se enfadó consigo misma. Era evidente que se había acostado con ella y que se había olvidado de ella rápidamente.

El sábado por la mañana llamaron a la puerta. Maddie fue a abrir y se quedó estupefacta al ver que se trataba del jefe de seguridad de Giannis.

–El señor Petrakos quiere que coma con él –anunció Nemos–. Pasará a recogerla dentro de una hora.

Maddie enarcó las cejas y se quedó mirando al griego, que no esperó ninguna contestación por su parte, se giró y se fue escaleras abajo. Era evidente que nadie le decía que no a Giannis Petrakos. Jamás.

Maddie cerró la puerta y se apoyó en ella. Las piernas le temblaban. No se lo podía creer. Giannis la había ignorado durante toda la semana y ahora aparecía de repente, en el último momento, y prácticamente le ordenaba que comiera con él.

Por supuesto que no iba a ir. Aunque, para ser sincera consigo misma, se había sentido profundamente halagada y alegre al ver que no se había olvidado de ella, no pensaba acudir a su cita. ¿Quién demonios se creía que era aquel hombre para creer que podía chasquear los dedos y tenerla a su lado?

Maddie recordó entonces su comportamiento con él y comprendió la actitud de Giannis. No había tenido que decir nada y ella se había metido gustosa en su cama. Por eso Giannis esperaba que dejara cualquier cosa que tuviera entre manos y corriera a su lado.

¿Y por qué no?

El día de su encuentro sexual, no había puesto ningún límite y no había demandado ningún tipo de respeto, se había comportado como una fresca y ahora Giannis la trataba con indiferencia, sin preocuparse por sus sentimientos.

Maddie se sentía profundamente herida.

Consternada ante la dura lección que le enseñaba la vida, se cambió de ropa para acudir a trabajar al supermercado. Cuando volvieron a llamar a la puerta una hora después, abrió furiosa.

—No voy a ir —le dijo a Nemos—. No quiero volver a ver a tu jefe. Tú verás cómo se lo dices.

El hombre la miró con incredulidad y consternación, se giró y se alejó. Maddie estaba asombrada de su propio disgusto.

Cuando volvieron a llamar a la puerta, se puso tensa y la abrió de malas maneras.

Era Giannis.

Verlo en la puerta de su casa la dejó con la boca abierta. Había dado por hecho que Nemos había ido a buscarla para llevarla al restaurante. Evidentemente, Giannis la estaba esperando en la limusina.

Nada más verla, la miró de arriba abajo como un lobo. Aprovechó la sorpresa de Maddie para abrir la puerta un poco más y entrar. La estancia mal amueblada en la que vivía aquella mujer tan hermosa le causó sorpresa.

Hacía mucho tiempo que no tenía contacto con tanta pobreza. Era evidente que sus mundos no tenían nada que ver, pero Giannis estaba exactamente donde quería estar y no iba a permitir que lo echara.

Maddie se había quedado traspuesta por su llegada. Sentía que el corazón le latía desbocado. Aquel hombre la fascinaba. Ahora que lo tenía ante sí, no podía dejar de pensar en las noches llenas de sueños prohibidos que se habían sucedido desde su encuentro.

—Nemos no ha sabido explicarme por qué no has querido aceptar mi invitación —comentó Giannis.

Sus palabras sacaron a Maddie de su parálisis.

—¿Es que acaso necesitas una explicación? —le espetó—. Simplemente, no quiero comer contigo.

Aquella mujer le había parecido guapa desde el principio, pero ahora le parecía además interesante. La impaciencia se estaba apoderando de él. Su comportamiento se le antojaba incomprensible. Se moría por volver a tenerla en su cama para poder saciar el deseo que lo había acompañado durante el viaje de negocios.

—Ya te dije que no quería que me llamaras —añadió Maddie apretando los puños.

–Sí, pero también me besaste –contestó Giannis mirándole la boca.

Maddie se sonrojó.

–Eso... eh... bueno, eso y todo lo demás que sucedió entre nosotros fue un gran error.

–Tonterías, *glikia mou* –contestó Giannis en tono serio y convencido.

Aquello enfureció a Maddie todavía más.

–¡Fue un error por mi parte!

–¿Por qué? ¿Acaso tienes novio?

–¡No! –exclamó Maddie indignada ante la posibilidad de que Giannis la creyera capaz de semejante traición–. De haberlo tenido, no me habría acostado contigo.

–Por supuesto que te habrías acostado conmigo. Todas las mujeres sois infieles cuando se os ofrece algo mejor –insistió Giannis.

–Supongo que eso lo dirás por las mujeres con las que estás acostumbrado a salir. Yo no soy como ellas –le aseguró Maddie.

–Puede que tengas razón –contestó Giannis–. No en vano tienes el honor de poder decir que he sido el primer hombre con el que te has acostado.

Maddie sintió que la vergüenza se apoderaba de ella al saber que Giannis se había dado cuenta de que era virgen.

–No me parece ningún honor –contestó–. En cualquier caso, no me apetece hablar de ello. No me apetece hablar del día en el que me acosté con un hombre tan insensible como tú.

No era la primera vez que Giannis suponía que una mujer le tenía por ser, efectivamente, poco sensible, pero sí era la primera ocasión en su vida en la que una mujer se atrevía a decírselo directamente a la cara.

–Estás enfadada porque no te he llamado –murmuró–. Soy un hombre muy ocupado y no tengo por qué pedir perdón por ello.

Maddie estaba cada vez más enfadada. Las palabras de Giannis eran como un capote rojo ante ella.

–Será porque los demás te dejan ser así, maleducado, ofensivo y arrogante.

–No te olvides de insensible –añadió Giannis.

Lo cierto era que ninguna mujer se había atrevido jamás a criticarlo ni a insultarlo de aquella manera. A pesar de que se sentía indignado, no se podía creer que aquella mujer se estuviera dirigiendo a él con tan poco respeto.

–Sí, gracias, también eres insensible –agradeció Maddie, dando salida a su desazón emocional a través de la furia–. De repente, me envías a un empleado para decirme que vaya a comer contigo... ni siquiera te molestas en preguntarme si quiero comer contigo... le dices que venga a buscarme. Te comportas y hablas como si me estuvieras haciendo un gran favor. ¿Acaso estás tan acostumbrado a que las mujeres caigan a tus pies y te complazcan que te crees que yo soy así también?

Efectivamente, aquello era exactamente a lo que Giannis estaba acostumbrado, pero no estaba dispuesto a admitirlo. Con un movimiento preciso y rápido, se acercó a Maddie, invadiendo su espacio personal.

Estaba furioso.

Una vez ante ella, la agarró del mentón y la obligó a mirarlo a los ojos.

–Tu actuación del otro día es lo que me ha dado pie para creer que estás dispuesta a comer conmigo –le dijo muy serio.

Maddie se sorprendió al sentirse excitada. Sentía los pezones erectos contra las copas del sujetador.

–Yo...

–Por cómo me miras, la invitación sigue en pie. Claro, lo entiendo... el sexo fue fantástico –prosiguió Giannis.

Maddie recordó al instante el cuerpo de Giannis moviéndose sobre el suyo y cómo el pequeño dolor de la iniciación había dado paso al placer.

–Y eso es lo único que quieres –comentó.

–Te quiero a ti –declaró Giannis acariciándole el pelo.

Haciendo un gran esfuerzo, Maddie se apartó de él, tomó aire y se dio cuenta de que estaba temblando.

–¿Durante cuánto tiempo?

Giannis dobló los brazos con las palmas de las manos hacia el cielo, como diciéndole que no lo sabía. Qué guapo era. Cuánto le gustaba. Sin embargo, Maddie se dijo a sí misma que no debía dejarse llevar. Debía recordar cómo la había tratado. Si la había ignorado durante toda la semana ahora que le gustaba, ¿cómo la trataría cuando ya no se sintiera atraído por ella?

–No funcionaría... no ha empezado bien –murmuró.

Giannis la miró con ironía.

–¿Por qué lo dices? ¿Te crees que tengo una mala opinión de ti por haber querido dar rienda suelta a tu pasión?

Maddie lo miró sobresaltada.

–¿Acaso no es así? ¿Me estás diciendo que tratas a todas las mujeres así?

Giannis la miró furibundo, pero Maddie no se dio cuenta.

–Oh, Dios mío. ¡Llego tarde al trabajo! –exclamó de repente.

–¿Al trabajo? ¿También trabajas los fines de semana?

–Sí –contestó Maddie colgándose el bolso del hombro y abriendo la puerta–. No me queda más remedio.

–¿Dónde trabajas? –le preguntó Giannis mientras Maddie cerraba la puerta.

–En el supermercado que hay un poquito más abajo –contestó Maddie bajando las escaleras a toda velocidad.

–¿A qué hora terminas?

Una vez en la calle, Maddie se quedó mirando con los ojos como platos la enorme limusina negra de cristales ahumados y el grupo de hombres trajeados con gafas de sol que se paseaban por la acera. En cuanto vieron a Giannis, se pusieron alerta. Era evidente que lo protegían allí donde fuera. Aquel hombre no tenía una vida normal. Maddie se dio cuenta de que vivían en mundos muy diferentes.

–¿Madeleine? –la urgió Giannis.

–Salgo a las seis, pero no creo que te interese porque, ¿desde cuándo los hombres como tú salís con las cajeras de los supermercados? –se rió.

Maddie llevaba una hora trabajando cuando llegaron las flores. Se trataba de un ramo espectacular de rosas amarillas y blancas. Era la primera vez en su vida que alguien le regalaba flores y, al principio, creyó que se trataba de un error.

Sin embargo, al ver su nombre escrito en el sobre que contenía una notita, se convenció de que eran para ella, así que abrió el sobre y leyó. En la nota decía: *Las he elegido yo personalmente y las he llevado en persona. Nos vemos a las seis. Giannis.*

Maddie se rió. Aquel hombre no se daba por vencido fácilmente. Aunque quisiera salir con él, no estaba libre aquella noche.

Lo cierto era que a Maddie le gustaban los hombres insistentes que no tiraban la toalla a la primera de cambio. Aquello la hizo pensar en cómo Giannis Petrakos había ayudado a su hermana y se dijo que no era un mal hombre y que ella también había tenido su parte de culpar al acostarse con él.

¿Acaso tendría Giannis razón? ¿Acaso estaba enfadada con él por no haberla llamado antes? Maddie se sentía horriblemente confundida. Por una parte, estaba furiosa ante la arrogancia de Giannis y se sentía culpable por haberse acostado con él. Además, Giannis no había escondido en ningún momento que lo único que le interesaba de ella era el aspecto sexual y a ella no le parecía que aquella fue fuera base para una relación. Por lo menos, para la relación que ella quería.

Entonces, ¿por qué quería verlo? ¿Por qué el detalle de que le hubiera mandado rosas la había emocionado tanto?

Hacía media hora que había llegado a casa cuando Giannis llamó a la puerta.

—Ni siquiera sé cómo has conseguido saber dónde vivo —murmuró Maddie al abrir.

—No es difícil obtener un dato así si sabes pedir un favor o pagar un precio.

A Maddie no le hacían ninguna gracia aquellas maneras, propias de un mundo que no era el suyo.

–Mira, aunque quisiera, no podría salir contigo esta noche –se apresuró a asegurarle.

–¿Por qué?

Maddie le explicó que se había comprometido para cuidar a una vecina suya que era muy mayor. Su hija, que era la persona encargada de ella, se lo había pedido para poder salir un rato y Maddie había accedido gustosa, pues la chica necesitaba descansar.

–Muy bonito por tu parte, pero ya me hago yo cargo. Voy a llamar para que venga una enfermera profesional a sustituirte –sonrió Giannis.

–No –contestó Maddie–. No he dicho en ningún momento que quisiera salir contigo esta noche y, aunque quisiera, que no es así, no se me pasaría por la cabeza dejar tiradas a mis amigas en el último momento –declaró Maddie elevando el mentón en actitud desafiante.

Era indignante que aquel hombre se creyera que iba a rehacer sus planes y a organizar su vida en función de él, pero era también descorazonador lo triste que se había quedado al negarse a que Giannis llamara a una enfermera profesional.

Maddie ya no sabía lo que quería hacer.

–¿Por qué haces una montaña de un grano de arena? –suspiró Giannis algo exasperado.

–He hecho una promesa. Es importante para mí. La señora Evans se llevaría un disgusto si tuviera que quedarse con una persona a la que no conoce. No seas egoísta –lo recriminó Maddie.

–No me insultes otra vez. ¡No pienso tolerarlo! –exclamó Giannis con énfasis.

Maddie palideció. Su mirada se posó en las preciosas rosas que había dispuesto en un florero de plástico. Se sentía emocionalmente confusa y con unas horribles ganas de llorar.

–Somos como el aceite y el agua... –suspiró.

–En la cama, somos dinamita.

Maddie se sonrojó.

–Vete –le dijo sin atreverse a mirarlo a los ojos–. Tengo que irme a cuidar a la señora Evans.

–¿Estás de broma o es que estás probando hasta dónde puedes ir? –se indignó Giannis–. Me voy fuera de Londres otra vez mañana.

Maddie elevó la cabeza y se encontró con los ojos de Giannis, que la miraba de tal manera que la hizo sentirse como si fuera en un ascensor que estuviera cayendo en picado.

–No, no es una broma.

Giannis le acarició el pelo con un gesto lánguido. Al sentir las yemas de sus dedos sobre la sienes, Maddie se estremeció y sintió que el deseo sexual la paralizaba. Sin embargo, cuando Giannis se inclinó sobre ella, su mano derecha, como si tuviera vida propia, se elevó, encontró su mejilla de piel aceitunada y se perdió entre su cabello oscuro.

Aquello fue más que suficiente. Giannis se apoderó de su boca, la apoyó contra la pared y se apretó contra su cuerpo.

–¿Y esto qué es? –le preguntó.

–Una locura –murmuró Maddie poniéndose de puntillas para encontrar de nuevo su boca, deseosa de que su lengua apagara la sed que sentía.

Giannis se apoderó de sus nalgas y la levantó, colocándola a horcajadas en su cintura y sentándose a continuación sobre la cama.

–¿A qué hora que tienes que ir? –le preguntó con la voz tomada por el deseo.

Maddie se sentía rodeada y controlada por él, lo que se le antojó increíblemente sexy. Sentía como si el sujetador hubiera menguado de talla y los pechos le rebosaran. Los pezones endurecidos tenían más sensibilidad que nunca. El corazón le latía desbocado.

Haciendo un gran esfuerzo, dejó caer la frente contra el hombro de Giannis y se preguntó qué estaba haciendo, se dijo que debía recuperar el control y se recordó que Giannis volvería a acostarse con ella si se lo permitía.

¿Tanto le gustaba él?

Aquella pregunta le creó tanta zozobra que hizo que se pusiera de pie repentinamente.

—No, no podemos seguir adelante... no... no a menos que nos conozcamos mejor...

Giannis se puso de pie también y se dirigió a la ventana. Estaba muy excitado. No estaba acostumbrado a tener que esperar para acostarse con una mujer. No podía recordar la última vez que una mujer le había dicho que no. Estaba furioso de lo mucho que la deseaba y ahora resultaba que aquella mujer le iba a poner condiciones.

De repente, aquel desafío lo estimuló sobremanera. Así que Maddie Conway tenía carácter, ¿eh? Aquello le gustaba.

Maddie se apoyó en la mesa para recuperar el equilibrio. Se había mareado y ahora sentía mucho miedo. No solía marearse nunca. ¿Estaría embarazada? ¿Acaso los síntomas comenzaban tan pronto?

Maddie se dijo que no debía exagerar, pero el miedo se había apoderado de ella. Por desgracia, todavía le quedaba una semana entera para saber si, efectivamente, estaba esperando un hijo.

—Cuando vuelva de este viaje de trabajo, me voy a Marruecos unos días –anunció Giannis–. Tengo una casa en el alto Atlas, en un lugar muy solitario y tranquilo. ¿Por qué no te vienes conmigo?

–¿A Marruecos? –se sorprendió Maddie ante la invitación.

—Acabas de decir que quieres conocerme –le recordó Giannis–. Me parece la ocasión perfecta.

Dicho aquello, dejó su tarjeta de visita sobre la mesa.

—Ahí te dejo mi móvil. Por si quieres que hablemos.

Capítulo 4

MIENTRAS el helicóptero se elevaba sobre el aeropuerto de Marrakech-Menara, Maddie cerró los ojos con fuerza. Por desgracia, al hacerlo se sintió todavía más mareada, así que los abrió y se quedó mirando por la ventanilla, rezando para que aquello no durara mucho.

A lo mejor, era que tenía un problema de equilibrio o, tal vez, no estuviera comiendo bien. No quería obsesionarse con la posibilidad de estar embarazada y se recordó que en tan sólo un par de días podría salir de dudas y dejar de preocuparse porque sus ciclos menstruales eran muy regulares.

Maddie había llegado de Londres aquella mañana. Eran poco más de las doce del mediodía y hacía mucho calor. La camisa de manga larga y los pantalones de algodón que había elegido para el viaje se le pegaban a la piel.

El cielo, completamente despejado, parecía sacado de una película de ciencia ficción, pues sus tonalidades violetas no parecían de este mundo.

Maddie tuvo que pellizcarse para ver si no estaba soñando. Era increíble. Se le hacía difícil creer que estuviera a Marruecos invitada por un multimillonario griego.

Hasta aquel momento, la única vez que había

viajado al extranjero había sido con su abuela, con la que había ido a España en un viaje organizado.

El viaje de ahora no tenía nada que ver. Nemos había ido a buscarla a su casa y había viajado sola en un avión privado con una plantilla de azafatas que se habían esmerado en todo momento en su atención. Tras ver una maravillosa película, había hojeado los periódicos y había disfrutado de un desayuno maravilloso. Al aterrizar, había pasado la aduana a toda velocidad y la habían llevado hasta el helipuerto.

Cuando el helicóptero tomó tierra y los rotores dejaron de girar, Nemos la ayudó a salir del aparato. Concentrada en no perder el equilibrio al pisar tierra firme de nuevo, Maddie se quedó atónita al ver el impresionante edificio que tenía ante sí.

Era increíblemente grande, sus muros de tierra ocre estaban decorados con motivos geométricos y tenía dos torres, una en cada extremo de la fachada.

Maddie se quedó mirándolo con la boca abierta.

—Parece un palacio árabe.

—Fue propiedad de un sultán —le explicó el jefe de seguridad—, pero cuando el señor Petrakos lo compró estaba destrozado.

—Es precioso. Supongo que vendrá mucho por aquí.

—El jefe tiene muchas casas. Lo cierto es que hacía ya algún tiempo que no venía por ésta.

En el vestíbulo de entrada había una fuente de jade cuya agua iba a parar a una piscina de mosaicos. En el agua había pétalos de rosas.

Nemos le presentó a Hamid, un sirviente bereber que estaba a cargo de una extensa plantilla de criados. El hombre le hablo en francés.

El interior del edificio era enorme y estaba dispuesto alrededor de un patio central en el que había palmeras y un emparrado que confería frescor a aquel lugar tan opulento y chic.

Las puertas de madera antiguas, perfectamente talladas, los techos pintados, los maravillosos muebles... todo en aquel lugar reflejaba lujo y comodidad.

Dos doncellas acompañaron a Maddie a la planta superior. Una vez allí, la guiaron a través de una puerta de madera que había bajo un arco. Maddie tuvo la sensación de que estaba viviendo en un decorado de *Las mil y una noches*.

Al otro lado de la estancia, había una espectacular cama de dosel cubierta con un edredón en tonos dorados.

–Dios mío... –murmuró Maddie extasiada.

Una de las doncellas corrió las cortinas de seda y abrió los ventanales. Había una terraza desde la que se disfrutaba de una vista espectacular: un fértil valle verde y las montañas cubiertas de nieve al fondo.

Maddie se quedó cautivada.

A continuación, le llevaron un cuenco de plata para que se lavara las manos y le sirvieron un té a la menta en una preciosa taza de cristal antes de servirle una comida ligera.

Maddie se preguntó nerviosa cuándo llegaría Giannis. Entonces, se dio cuenta de que tenía la ropa sudada y arrugada. Como si le hubiera leído el pensamiento, una de las doncellas estaba llenando ya la bañera que había en el baño de al lado. Mientras derramaba cristales de maravillosas fragancias en el agua, su compañera dejó una montaña de toallas blancas.

Cuando todo estuvo preparado, Maddie les dio las gracias en su olvidado francés del colegio y cerró la puerta para desvestirse. Una vez a solas, se duchó y se lavó el pelo y, a continuación, se lo sujetó y se metió en la bañera para intentar relajarse.

Lo cierto era que se encontraba muy tensa.

Todavía no estaba muy segura de por qué había ido a Marruecos.

¿Había sido porque Giannis le había ofrecido la posibilidad de conocerlo, tal y como ella le había pedido? ¿Acaso le había parecido imposible rechazar una invitación así o era que estaba muerta de miedo ante la posibilidad de estar embarazada? ¿Por qué sentía aquella conexión tan fuerte con él? ¿Acaso buscaba estúpidas excusas para engañarse a sí misma?

La verdad era que desde el primer momento se había sentido completa y virtualmente obsesionada por Giannis Petrakos.

Se había acostado con él porque no había podido resistirse y había ido a Marruecos exactamente por la misma razón.

Sí, por fin estaba siendo sincera consigo misma. Una pena que aquello la hiciera sentirse mucho más vulnerable.

¿Qué tenía en común con un hombre que tenía un palacio en Marruecos al que apenas iba? Era evidente que Giannis tenía mucho donde elegir, tanto en propiedades como en mujeres. ¿Y dónde encajaba ella en mitad de todo aquello? Por primera vez, sintió curiosidad por las demás mujeres, sus predecesoras. ¿Qué tipo de mujeres habrían compartido la vida con Giannis? ¿Sería ella su tipo?

De repente, Maddie sintió la imperiosa necesi-

dad de comprar aquellas revistas en las que salían
las casas de los ricos, los ricos en persona, cómo
vestían y un montón de detalles, pero de alguna manera supo que no lo iba a hacer… su tiempo iba a
estar ocupado de otra manera.

Había pedido tres días de vacaciones sin sueldo,
una decisión que la iba a obligar a hacer un gran esfuerzo para llegar a fin de mes, y quería aprovechar
su estancia en tan exótico país.

Cuando salió del baño envuelta en una maravillosa toalla, se encontró con una esteticista que hablaba perfectamente inglés y que la estaba esperando en compañía de una ayudante, ambas dispuestas
a ofrecerle todo tipo de tratamientos de belleza maravillosos.

Desconcertada, Maddie aceptó un masaje porque no sabía cómo decir que no sin ofender a aquellas mujeres tan solícitas. En cuanto sintió el aceite
de rosa mosqueta deslizándose por su piel, se entregó a la maravillosa y relajante experiencia.

Cuando terminó el masaje, dejó que aquel estu-
pendo dúo le hiciera el pelo y las uñas. Cuando ter-
minaron, se sintió repentinamente muy cansada y
encontró sobre la cama un caftán de seda de color
turquesa. Maddie no sabía dónde estaba su equipaje, así que se puso la prenda y se quedó dormida.

Krista Spyridou llamó a Giannis aquel mismo
día mientras su avión privado repostaba en París.

–Se me ha ocurrido un nuevo tema de inspira-
ción para nuestra boda –le dijo emocionada.

Giannis hizo una mueca de disgusto.

–¡Marco Antonio y Cleopatra! –exclamó Krista.

–Qué mal íbamos a empezar –contestó Giannis–. Marco Antonio era bígamo.

–¡Qué dices! –protestó su prometida–. En la película que he visto no salía nada de eso.

–Marco Antonio estaba casado con una mujer romana –le explicó Giannis molesto ante las lamentaciones de Krista, que parecía tan compungida como si le acabara de anunciar que alguien había muerto.

En aquel momento, Giannis se preguntó si alguna vez había visto leer un libro a su prometida o si en alguna ocasión había tenido una conversación remotamente inteligente con ella. Recordó entonces cómo había bostezado su prometida cuando la había llevado a ver los yacimientos arqueológicos que había en una de sus propiedades en Atenas. Su ignorancia estaba comenzando irritarlo.

Para cuando Giannis llegó a la remota fortaleza que tenía en Marruecos, el sol se estaba poniendo y los últimos rayos entraban por las ventanas. Una vez en el palacio, habló con Hamid en árabe, subió las escaleras, entró en el dormitorio principal y se paró en seco cuando vio a Maddie tumbada sobre la cama.

Tenía el pelo esparcido sobre la almohada, su delicado perfil enmarcado por la preciosa cabellera rojiza. Giannis se fijó en la prominencia de sus voluptuosos labios sonrosados, en su delicado cuello y en el valle que se perdía entre sus senos lechosos.

Al fijarse en su trasero redondo, que sobresalía por debajo de las sábanas, Giannis sintió que se excitaba al momento.

–Maddie... –murmuró utilizando aquel diminutivo por primera vez.

Maddie se cambió de postura y abrió los ojos. Al

verlo, se quedó sin aliento. Giannis necesitaba un buen afeitado, pero la barba de tres días no hacía sino ensalzar la masculinidad de sus rasgos.

–Me he debido de quedar dormida –comentó incorporándose.

Giannis se quitó la chaqueta y la dejó sobre el respaldo de una de las sillas.

–Me he retrasado un poco en París... te pido perdón –le dijo–. Es maravilloso ver que me estás esperando, *glikia mou.*

Maddie no comprendió al principio, pero, al ver cómo Giannis se movía alrededor de la habitación, entendió lo que sucedía.

–¿Ésta es tu habitación? ¿Estoy en tu cama?

Giannis sonrió encantado.

–Como Ricitos de Oro.

Maddie se sonrojó ante su ingenuidad.

–Debería haberlo supuesto. No me había dado cuenta.

–No me digas que he recorrido medio mundo para que me eches ahora a otra habitación –protestó Giannis.

Maddie se incorporó, deseosa de deshacer el entuerto.

–No, ya me voy yo a una habitación de invitados...

–Por encima de mi cadáver –la interrumpió Giannis sin dudarlo–. Tú te quedas aquí. Compartiremos habitación. Por lo menos, así tendré oportunidad de abrazarte esta noche.

–Pero dijimos que...

–Mira, Maddie, yo soy un hombre de necesidades físicas muy fuertes y, a lo mejor, lo que me estás pidiendo es demasiado.

Maddie lo miró y tomó aire.

–Es cierto que tienes una personalidad muy fuerte, pero estoy segura de que no estás intentando presionarme –le dijo mirándolo a los ojos.

Giannis no contestó inmediatamente.

–Por supuesto que no –dijo al cabo de un rato.

–Por supuesto, si crees que debo irme, me iré ahora mismo –añadió Maddie sintiéndose muy incómoda–. A lo mejor, no entendí bien las condiciones de tu invitación.

Era la primera vez en su vida que Giannis se veía en una situación así. Se había quedado sin palabras. Maddie no se ofrecía a irse para hacerle chantaje emocional sino que parecía realmente incómoda y disgustada, lo que bastó para tocarle a Giannis en el orgullo y en el sentido del honor.

No estaba dispuesto a permitir que aquella mujer creyera que se iba a servir de su fuerte carácter para obligarla a que se acostara con él.

Aunque estaba irritado, no quería que se fuera. Madeleine Conway no lo dejaba dormir, llevaba pensando en ella toda la semana y había conseguido sobrevivir única y exclusivamente porque sabía que lo iba a estar esperando en Marruecos.

–No, no quiero que te vayas –admitió.

–Yo no me quiero ir –contestó Maddie–. Este lugar es fabuloso –añadió, mirándolo de reojo.

Aquella sencilla pero provocativa mirada hizo que Giannis sintiera que el deseo se apoderaba de él de nuevo, así que se sentó en el borde de la cama y besó a Maddie en los labios, apoderándose de su boca hasta hacerla estremecerse.

–¿Por qué me haces esperar? –le preguntó–. Me muero por ti.

Maddie sentía el cuerpo tenso. Sentía los pezones erectos, endurecidos y dolientes y rezó para que no se le vieran por debajo de la seda. Decidió que debía ponerse una prenda menos provocativa, así que se puso de pie de repente, sorprendiendo a Giannis.

–Me voy a vestir –anunció.

Comprendiendo que Maddie quería tapar aquel cuerpo maravilloso, Giannis la agarró de la mano para impedírselo.

–No, no te cambies de ropa. Parece que estás relajada. Me gusta verte así. Una de las cosas que más me gusta de ti es que no estás todo el día preocupada por cómo tienes el pelo, el maquillaje o la ropa. Cenaremos en la terraza.

Maddie no había recibido muchos cumplidos en su vida. Tampoco era consciente de que los echaba de menos. De pequeña, las circunstancias le habían hecho ser más una actriz secundaria que la protagonista de la película y, ya de adulta, las necesidades de los demás siempre habían resultado prioritarias.

El sencillo cumplido que Giannis le acababa de hacer tuvo un efecto completamente desproporcionado sobre ella y la hizo sentirse terriblemente bien por dentro.

«Una de las cosas que más me gusta de ti», había dicho Giannis.

Aunque hubiera llevado un saco de patatas, no se lo habría quitado. Por él. Y, si hubiera tenido valor, le habría pedido que le hiciera una lista detallada de las demás cosas que le gustaban de ella.

Giannis descolgó el teléfono interno y habló en un idioma que Maddie no comprendió. Tras colgar, se quitó la camisa.

–Me voy a duchar –anunció.

Maddie se quedó mirando fijamente sus hombros bronceados y su torso musculoso. A continuación, dejó que su mirada se deslizara por su abdomen. Era la primera vez en su vida que miraba así a un hombre y no podía apartar la mirada.

Giannis la sorprendió mirándolo y sonrió encantado.

—Mentirosa, me deseas tanto como yo a ti.

Completamente avergonzada, Maddie se sonrojó de pies a cabeza y abrió la boca para protestar mientras se preguntaba cómo se había dado cuenta de lo que estaba pensando.

—Atrévete a negarlo —bromeó Giannis en un tono tan íntimo que la hizo estremecerse—. Te recuerdo que es imposible que entre nosotros surja una relación más íntima si te empeñas en negar lo que sentimos de manera natural.

Una vez dicho aquello, la dejó sola. En aquel mismo instante, Maddie deseó que no se hubiera ido. Quería estar con él. Lo cierto era que se sentía inmensamente feliz estando a su lado. Estaba feliz de estar en Marruecos, estaba encantada de estar con Giannis.

De repente, se asustó ante lo que estaba sintiendo y pensando, pero se apresuró a decirse que no pasaba nada. ¿Qué más daba que ya no fuera la mujer racional y calmada por la que siempre se había tenido?

Maddie se dijo que, si salía mal parada de todo aquello, daba igual. Sería mejor haber amado y perdido que no haber amado nunca.

Tras enfundarse las babuchas de lentejuelas que descubrió junto a la cama, salió a la terraza, que todavía estaba caliente a causa del sol aunque ya no hacía mucho calor. Hamid le ofreció algo de beber y Maddie le pidió un zumo de frutas, se acomodó en un sofá maravilloso y se dispuso terminar de leer un artículo que había comenzado en el avión.

—¿Qué lees?

Giannis apareció con el pelo mojado, unos pantalones beis y una camisa blanca abierta al cuello. Maddie le contó que estaba leyendo un artículo sobre un político británico al que habían sorprendido engañando a su mujer por segunda vez en pocos meses.

—Es para que no se lo perdone —comentó sacudiendo la cabeza—. La infidelidad es lo peor del mundo.

—No siempre —contestó Giannis.

—No hablarás en serio —dijo Maddie muy seria—. La infidelidad siempre lleva aparejadas mentiras y engaños, lo que causa mucho sufrimiento. Imagínate por lo que esa pobre mujer y sus hijos deben de estar pasando ahora mismo...

—Sí, es una pena —comentó Giannis sin emoción alguna.

—¿Una pena? —se indignó Maddie poniéndose en pie—. ¡Es lo peor del mundo! Mi madre engañó a mi padre con su mejor amigo y le destrozó la vida. Yo jamás engañaría a nadie. Lo mejor que se puede hacer en la vida es ser completamente sincero. Para mí, la fidelidad es muy importante.

—Ya lo veo —contestó Giannis.

—Te aseguro que, si tú no fueras un hombre soltero, yo no estaría aquí en estos momentos —insistió Maddie para que quedara claro lo que opinaba sobre aquel asunto.

En aquel momento, llegó Hamid con el primer

plato. Mientras pensaba en la conversación que estaba teniendo lugar, Giannis le indicó que sirviera. Mientras así lo hacía, Giannis se dio cuenta de que, evidentemente, Maddie no tenía ni idea de que estaba prometido.

Él daba por hecho que absolutamente todo el mundo sabía que se iba a casar con Krista Spyridou. Desde luego, su prometida había hecho todo lo posible para que todo el mundo se enterara. Incluso les habían hecho un documental en un canal de televisión griego.

Aun así, Maddie no se había enterado.

Giannis se dijo que debía decírselo, pero, en el mismo instante, se dio cuenta de que sería un suicidio hacerlo en aquel momento. No era el mejor momento para anunciarle que estaba prometido y que se iba casar con otra mujer. Sobre todo, cuando Maddie ya se había acostado con él. Sobre todo, cuando estaba más que decidido a convencerla del futuro tan prometedor que tenía por delante si se convertía en su amante.

–Mi bisabuela estaría completamente de acuerdo contigo. Claro que ella tiene más de noventa años. No es propio de una chica joven como tú tener unos principios tan arcaicos.

Maddie elevó el mentón.

–Puede que sea un poco chapada a la antigua, pero no pienso cambiar mi forma de pensar por mucha edad que tenga –declaró–. Háblame de tu familia. ¿Cómo es?

–Muy grande –contestó Giannis.

–Qué suerte –comentó Maddie lanzándose con entusiasmo y apetito sobre la comida, lo que hizo sonreír a Giannis, acostumbrado a que las mujeres

apenas comieran en su presencia–. Yo no tengo ningún pariente vivo y lo cierto es que echo mucho de
menos a mi familia.

Giannis la observó mientras daba las gracias al
personal de servicio. Era una mujer muy guapa,
pero muy normal, encantadora y cariñosa. ¿Acaso
lo que le atraía de ella era precisamente que era
normal y corriente? ¿Era aquella la novedad que lo
tenía enganchado?

No, Giannis se dijo que lo que verdaderamente
le gustaba de aquella mujer era que era una bomba
en la cama. Sí, lo único que quería de ella era sexo.
Qué alivio. Aunque no encajara en su mundo, quería que formara parte de su vida y Giannis siempre
obtenía lo que quería. Costara lo que costara.

Mientras el sol terminaba de ponerse tiñendo el
cielo de todo tipo de tonalidades, Giannis le contó a
Maddie cómo había encontrado aquella casa siendo
un adolescente mientras iba de excursión con unos
amigos.

–En aquellos momentos, cada vez que hacía
algo, me sacaban en los periódicos y me pareció
que este lugar sería perfecto para hacer fiestas sal-
vajes en secreto los fines de semana sin que se enteraran los periodistas.

–¿Lo dices en serio? –parpadeó Maddie perple-
ja.

–Hacer fiestas era una parte muy seria de mi
vida en aquel entonces. Mis padres me enseñaron a
no hacer nada que no fuera divertido –le explicó
Giannis, divertido ante su consternación–. Cuando
vine por segunda vez con un arquitecto, el jefe local
me invitó a visitar el pueblo en el que vivía. Su
gente era muy pobre. Estaban encantados ante el

trabajo que se iba a generar con la obra de reforma, pero me tuve que olvidar de lo de las fiestas porque ellos no beben y no hubieran accedido a trabajar para mí, así que me dediqué a los deportes de riesgo –murmuró encogiéndose de hombros–. Mucho más sano.

Maddie sonrió. Por fin estaba comenzando a ver a aquel chico que se había esforzado por conseguir hacer realidad el sueño de una adolescente que se estaba muriendo, su hermana. Algún día le diría quién era, pero no era el momento, no quería ponerse triste ni quería que Giannis pensara en ella como en un adolescente agradecida en la que ni siquiera se había fijado en su día.

Maddie percibió que se había levantado brisa y se estremeció, sorprendida por el brusco cambio de temperatura.

–Tengo frío.

–Por las noches, en el desierto hace mucho frío –le aseguró Giannis apretándole la mano para indicarle que fueran dentro.

En cuanto entraron en la habitación, Maddie decidió que quería compartir la cama con él en todos los sentidos. Era demasiado tarde para dar marcha atrás, así que decidió no poner barreras entre ellos, pues no le pareció sincero ni justo cuando la realidad era que se moría por acostarse con Giannis de nuevo.

Maddie comenzó a juguetear de manera ausente con uno de los botones de la camisa de Giannis. Se sentía tímida y no sabía cómo pedirle que le hiciera el amor.

–No quiero esperar más –anunció haciendo un gran esfuerzo.

Sorprendido y encantado ante aquella inesperada declaración, Giannis la tomó en brazos y la levantó por los aires.

–¡No te vas arrepentir, *pedhi mou*! –exclamó–. ¡Pienso pasarme un día entero contigo en la cama!

–Ten cuidado… con tranquilidad… –le pidió Maddie.

–¿Por qué? –se extrañó Giannis.

–Recuerda lo que ocurrió la última vez con el preservativo –contestó Maddie sintiéndose incómoda.

–No te preocupes, eso fue sólo una vez. No va a volver a suceder. ¿Todavía sigues preocupada por eso? –se burló con la seguridad de una persona que está acostumbrada a que la vida siempre le sonría–. ¿Has tenido algún retraso?

–No, pero...

–No va a pasar nada, ya lo verás. Olvídate del tema –le aseguró Giannis depositándola sobre la cama y sonriendo de tal manera que Maddie decidió que no había razón para preocuparse.

Capítulo 5

G IANNIS deslizó sus dedos por la maravillosa cabellera pelirroja de Maddie y la miró a los ojos.

–Te prometo que no te vas arrepentir de estar conmigo –le aseguró con la respiración entrecortada–. Te voy a dar una vida de ensueño.

–No necesito que me des nada –declaró Maddie descubriendo que no podía concentrarse en la conversación porque su cuerpo demandaba atención.

Giannis comenzó a desabrocharle los botones de perlas del caftán y Maddie sintió que el aire no le llegaba a los pulmones. Le dolían los pechos y sentía entre los muslos una punzada de deseo muy fuerte.

–Espero que no tengas objeción en que te dé placer –bromeó Giannis muy excitado.

–No, no tengo problema con el placer –tartamudeó Maddie mientras Giannis le abría el caftán y dejaba al descubierto sus senos.

–Como el terciopelo –sonrió Giannis tomando uno de sus pezones entre el dedo pulgar y el índice.

A continuación, tomó sus senos en las palmas de sus manos y se inclinó para saborearlos. Maddie sintió que, efectivamente, el placer se apoderaba de ella y la recorría en oleadas, haciéndola gemir.

Giannis se quitó la camisa y los pantalones mientras Maddie sentía que el corazón le latía a toda velocidad. Mientras lo observaba, se recostó sobre las almohadas. Sentía mucha curiosidad. No podía dejar de mirarlo. Giannis parecía tan seguro de sí mismo estando desnudo como estaba cuando llevaba un traje y aquella confianza se le antojaba a Maddie tan atractiva como su cuerpo desnudo.

En cuanto se hubo quitado los calzoncillos, volvió a la cama. Maddie tragó saliva al ver su erección. Giannis sonrió encantado al comprobar que lo miraba con los ojos muy abiertos, intentando ocultar sin conseguirlo que le gustaba lo que veía.

–¿Cumplo tus expectativas? –sonrió.

–No tengo a nadie con quién compararte –contestó Maddie.

–En cualquier caso, no acepto comparaciones. Eres mía.

–Las mujeres no somos de los hombres.

–No, claro que no, pero, ¿te sentirías a gusto haciendo esto con otro hombre? –insistió Giannis deslizando el caftán por sus hombros.

–No, claro que no, pero...

–Veo que nos entendemos, *glikia mou* – la interrumpió Giannis apoderándose de su boca.

Cuando sintió la punta de su lengua entre los labios, Maddie experimentó un espasmo en el centro de la pelvis. Giannis deslizó su boca en dirección descendente hasta encontrar sus pezones, haciéndola gemir.

Maddie sentía un delicioso calor en la parte más femenina de su cuerpo y, cuando Giannis deshizo el camino andado y volvió a tenerlo frente a ella, lo miró a los ojos y le acarició el torso.

–¿Qué te gusta que te hagan? –murmuró con la respiración entrecortada.

Giannis se lo dijo en términos concisos y certeros y no le importó en absoluto servirle de guía. Maddie se entregó con devoción a la experiencia, con un entusiasmo inocente que hizo que Giannis tuviera que poner fin a aquello mucho más rápidamente de lo que había anticipado.

–Casi me haces llegar –sonrió haciendo un gran esfuerzo para recuperar de nuevo el control.

A continuación, buscó el calor húmedo que sabía encontraría entre los muslos de Maddie, que apretó los dientes para no gritar. Las sensaciones eran tan intensas que dejó caer la frente sobre el hombro de Giannis y aspiró el aroma de su piel mientras él le separaba las piernas y le daba placer acariciándole el clítoris.

Dejándose llevar por su instinto, Maddie comenzó a mover las caderas. Mientras lo hacía, Giannis utilizó su boca para chuparla y morderla en lugares increíblemente eróticos.

–Giannis... por favor...

–Si todavía puedes hablar, es que no te has entregado por completo al placer.

Maddie se dejó llevar por el deleite, sintiendo cómo el placer reverberaba por todo su cuerpo. La presión que sentía en el vientre era cada vez más intensa. Estaba tan excitada que todo pensamiento racional desapareció de su mente y, en aquel momento, se dio cuenta de que estaba al borde del clímax y se abandonó al éxtasis.

Tras haber disfrutado de darle placer con los dedos y con la boca, tras haber disfrutado de verla llegar al orgasmo, Giannis se adentró en su cuerpo y disfrutó él también de un orgasmo glorioso.

—Ha sido maravilloso —comentó tumbado a su lado bocarriba un rato después.

A Maddie le dolía todo el cuerpo después de aquella intensa descarga de placer que acababa de vivir. Estaba completamente bañada en sudor y el aire acondicionado le estaba haciendo tener frío.

—¿Tienes frío? —le preguntó Giannis.

—Sí —murmuró Maddie.

Giannis no había esperado que Maddie se mostrara tan distante después de hacer el amor. En realidad, había contado con la posibilidad de que se enamorara de él e incluso se había dicho a sí mismo que tenía que tolerarlo, pero no estaba preparado para que Maddie se encerrara en su mundo interno y ni siquiera lo abrazara después de haber hecho el amor.

¿Sería que no se sentía apreciada? En su experiencia, las mujeres con las que mantenía relaciones sexuales siempre esperaban regalos, así que aquel se le antojó buen momento para enseñarle la ropa que le había comprado.

—Ahora mismo te traigo algo —le dijo poniéndose en pie.

Lo cierto era que Maddie hubiera preferido que la abrazara, pero no se atrevía a pedírselo. No quería que Giannis creyera que estaba loca por él.

—Mira, ven, quiero enseñarte una cosa —le dijo Giannis desde el vestidor.

Maddie se puso la camisa de Giannis y lo siguió.

—Toda esta ropa es tuya —declaró Giannis.

—¿Y eso? —declaró Maddie enarcando las cejas.

—Te la regalo yo —contestó Giannis encogiéndose de hombros–. Mañana vendrán un par de costureras por si hay que hacer algún arreglo.

Completamente sorprendida, Maddie abrió un cajón y comprobó que estaba lleno de delicadas prendas interiores de seda y encaje. ¿Cómo demonios se atrevía a comprarle ropa interior? Maddie apretó los dientes, miró la ropa que colgaba en el armario, se dio cuenta de que todas las etiquetas eran de marcas muy caras y se sintió completamente mortificada.

–No me puedo creer que esto te parezca bien –declaró sonrojándose de pies a cabeza–. ¡Una cosa es que no tenga ropa de vestir y otra muy diferente que espere que tú me la compres!

–Lo he hecho para tu disfrute.

–¿La has elegido tú personalmente? –le preguntó Maddie de repente.

–No –confesó Giannis mientras se ponía unos vaqueros.

–¿Te has molestado al menos en describir lo que querías?

–Puede que haya mencionado un par de colores que me gustan.

–¿Que te gustan?

–Sí, mis colores preferidos porque no sé los tuyos –admitió Giannis subiéndose la cremallera y preguntándose qué demonios le ocurría a Maddie, por qué parecía tan indignada.

–Eso lo explica todo –declaró Maddie–. No sabes cuál es mi color preferido y tampoco te importa, lo que quieres es que me vista como una muñequita a la moda para disfrutar tú, no yo.

–Eso no es cierto.

–¡Lo que pasa es que no te gusta cómo soy! –exclamó Maddie muy enfadada–. ¡Por si no te has dado cuenta, el hecho de que te hayas gastado miles de libras en mí por el mero hecho de que me haya acostado contigo es un mensaje muy insultante!

Giannis la miró furibundo.

–¡No soy una zorra y no quiero que me pagues!

–*Theos mou…* –se indignó Giannis–. Un regalo no es un insulto. Deberías aceptarlo con generosidad. Soy un hombre generoso y tu actitud es ofensiva. No tienes ni idea de cómo comportarte. ¡Cualquier zorra sabría mostrarse más agradecida que tú!

Aquellas palabras hirieron profundamente a Maddie, que sintió que las lágrimas le desbordaban los ojos, así que se apresuró a salir a la terraza. Una vez allí, se sentó en un sofá. Unos minutos después, llegó una doncella y le entregó una magnífica manta de cachemira.

Giannis observó desde la habitación mientras Maddie se envolvía en la manta y apretó los dientes. Nadie se atrevía a contradecirlo y, menos, una mujer. ¿Por qué le criticaba tanto?

Dispuesto a arreglar aquella situación, salió a la terraza, miró a Maddie los ojos, la tomó en brazos sin dejarla reaccionar y la metió de nuevo en el dormitorio.

–¿Qué haces? –se sorprendió Maddie cuando Giannis la depositó en la cama y se tumbó a su lado.

–Yo creo que está muy claro.

–Acabas de decir que no sé comportarme…

Giannis le acarició el pelo y la mejilla.

–Te he comprado ropa porque creía que te gustaría –declaró mirándola a los ojos.

Maddie sonrió levemente.

–Lo siento... no se me había ocurrido contemplarlo desde tu punto de vista.

–Yo también lo siento. Yo tampoco me había parado a contemplarlo desde el tuyo. Eres diferente a las demás mujeres y, precisamente, por eso me gustas tanto –declaró Giannis besándola.

Al día siguiente, Maddie se desperezó sin prisa y alargó el brazo en busca de Giannis, pero encontró la cama vacía. Al abrir los ojos, comprobó que la puerta del baño estaba medio abierta y, prestando atención, oyó cómo el agua repiqueteaba contra los azulejos.

Giannis se estaba duchando.

Maddie comprobó con una sonrisa lánguida que eran las cuatro de la tarde. Aquel día, Giannis la había llevado a Marrakech a desayunar en un viejo hotel y, luego, a visitar un mercado. Allí, Maddie había tenido que hacer un gran esfuerzo para ocultar las náuseas que le producían los fuertes aromas de las especias.

Al recordarlo, suprimió la preocupación ante la posibilidad de haberse quedado embarazada y se dijo que Giannis tenía razón, que era imposible que hubiera pasado nada.

En aquel momento, sonó su teléfono móvil, que Giannis había dejado sobre la mesilla de noche. Maddie se había dado cuenta de que Giannis jamás dejaba de contestar a una llamada, así que decidió responder.

Cuando la persona al otro lado de la línea se puso a hablar en un idioma que no entendió, se dio cuenta de que hubiera hecho mejor en no contestar.

–¿En qué le puede ayudar? –le preguntó Maddie en inglés.

–¿Quién es usted? ¿Alguna secretaria nueva? –le preguntó una mujer en tono despectivo–. Páseme inmediatamente con mi prometido.

Maddie frunció el ceño, confundida.

–¿Su prometido? ¿De parte de quién?

–De Krista. ¿De quién iba a ser? –se indignó la aludida–. Dese prisa. No tengo todo el día.

Maddie dejó el teléfono sobre la mesilla. Le temblaba la mano y respiraba con dificultad, pues se sentía como si le acabaran de dar un puñetazo en la boca del estómago. Diciéndose que debía de ser un malentendido, se puso el caftán azul turquesa y se levantó de la cama para ir a avisar Giannis.

Justo en aquel momento, oyó un intercambio acalorado en el mismo idioma que no había entendido y que procedía del teléfono que había dejado sobre la mesilla.

Cuando Giannis salió del baño, lo miró y señaló el móvil.

–Krista al teléfono –le dijo.

A Giannis no se le movió ni un pelo, pero Maddie supo en aquel preciso instante que no había ningún malentendido, que no era una broma, que no era una mentira, aquel hombre del que se había enamorado locamente estaba prometido con otra mujer.

De repente, sintió que el frío se apoderaba de ella.

Giannis miró a Maddie, vio que había palidecido, y se apresuró a terminar la conversación con su prometida que, como de costumbre, versó sobre el tema de la boda.

–Me habría gustado que te hubieras enterado de

otra manera –le dijo a Maddie colgando el teléfono–. Te aseguro que hasta ayer no supe que tú no eras consciente de la existencia de Krista. Todo el mundo sabe que me voy a casar con ella.

–Me lo tendrías que haber dicho –contestó Maddie con un hilo de voz.

–Te lo iba a decir cuando volviéramos a Londres.

–¿Cuando ya te hubieras divertido? –le espetó humillada–. ¿Cuánto hace que estás prometido con ella?

–Un par de meses, pero no tiene por qué interferir entre nosotros.

Maddie no se podía creer lo que estaba escuchando. Giannis no le había pedido perdón, no se estaba disculpando. De hecho, ni siquiera había reconocido que se hubiera equivocado en algo.

–Quiero que entiendas que lo que tengo con ella no tiene nada que ver con lo que tengo contigo.

Maddie se rió con amargura.

–Eso no hace falta que me lo digas. ¡A lo mejor no soy muy sofisticada, pero sé diferenciar entre un anillo de compromiso y un fin de semana haciendo guarradas!

–No digas eso –contestó Giannis poniéndose serio–. Entre tú y yo no hay nada sucio.

–Me has engañado –se indignó Maddie–. ¿Por qué me has involucrado en esta horrible situación? ¿Por qué te vas a casar con una mujer a la que no piensas serle fiel?

–Quizás la fidelidad no sea tan importante para algunos como lo es para ti –contestó Giannis–. Lo único que voy a decir sobre mi prometida es que tengo la conciencia tranquila.

–Pues me alegro mucho por ti... no sé si tanto por ella, la verdad, pero tampoco es asunto mío –contestó Maddie, dándose cuenta de que Giannis no estaba dispuesto en absoluto a admitir que se había equivocado–. Supongo que sabe dónde se mete, que ha podido elegir. A mí, sin embargo, no me diste opción. Me has mentido.

–No te he mentido en ningún momento.

–Sí, me has mentido por omisión. Anoche, te quedó muy claro que yo no sabía que estabas prometido, siempre he creído que eras un hombre soltero y sin compromiso. Aun así, no me dijiste la verdad.

–Para entonces, ya nos habíamos acostado y no me pareció buena idea disgustarte estando tan lejos de casa.

–Esto es increíble –se lamentó Maddie, negando con la cabeza.

Giannis se quedó mirándola atentamente.

–Te deseo más que a ninguna otra mujer. No quería que te fueras.

–No exageres –lo interrumpió Maddie muy dolida–. Evidentemente, para ti lo nuestro sólo ha sido sexo porque, por muy atraído que te sientas por mí, te vas a casar con otra. ¿Y me decías ayer que no sé comportarme? ¿No crees que tenía derecho a saber que sólo quieres una aventura conmigo? ¡Si me hubieras respetado lo más mínimo, no me habrías tratado como lo has hecho!

–Te equivocas. Entre nosotros hay una atracción explosiva y, para que lo sepas, estoy completamente convencido de que quedarse sin algo que se ansía no nos convierte en mejores personas –contestó Giannis comenzando a vestirse–. Hablaremos de ello cuando te hayas calmado. Las discusiones son una pérdida de energía.

–Me quiero ir a casa. Arréglalo todo para que me pueda ir cuanto antes –le espetó Maddie, elevando el mentón en actitud desafiante para ocultar su dolor.

–¿Por qué te vas a ir? No quiero que salgas de mi vida.

–Mira, me da exactamente igual lo que tú quieras. En esta ocasión, aunque no estés acostumbrado a ello, no te vas a salir con la tuya –le espetó Maddie.

–No pienso permitir que te vayas.

–No tienes elección –le aseguró Maddie, abriendo su bolsa de viaje y recuperando las pocas pertenencias que había llevado desde Londres.

Giannis la observó mientras lo hacía, recordándose a sí mismo que no había cabida en su vida para las emociones. Él no había sido hombre nunca de hablar de amor ni de promesas ni tampoco de historias con final feliz, pero sabía que Maddie creía en todo aquello y le había hecho daño.

Giannis decidió darle tiempo para que se calmara. Lo cierto era que no creía que se fuera a ir.

Una hora después, Hamid le informó de que Maddie lo esperaba en el salón con el equipaje preparado. Giannis se quedó mirando la pantalla del ordenador y se dio cuenta de que no había conseguido trabajar absolutamente nada.

Cuando Giannis entró en el salón, encontró a Maddie ataviada con una sencilla camisa blanca y una falda vaquera. Llevaba el pelo recogido y miraba por la ventana.

–Comprendo que estés disgustada, pero…

–Giannis –le interrumpió Maddie–. Antes de irme quiero que sepas una cosa. He estado pensando y he llegado a la conclusión de que lo que ha sucedido no ha sido completamente por tu culpa. Yo también tengo parte de culpa.

–¿Qué quieres decir?

–Quiero que sepas que te conocí hace nueve años, cuando tenía catorce –le contó Maddie, convencida de que aquella iba a ser la última vez que lo viera.

Giannis la miró intrigado.

–Nos conocimos en el hospital en el que mi hermana estaba ingresada –continuó Maddie–. Suzy, mi hermana gemela, tenía leucemia y tú fuiste a verla un día. No le quedaba mucho tiempo de vida. Quince días después, volviste en compañía de su cantante favorito. La alegría que le diste no tiene precio. Aquel chico era su héroe y aquel día tú te convertiste en el mío.

Giannis la miró anonadado. Él también había perdido a un hermano en la adolescencia, pero jamás hablaba de ello. Además, lo que Maddie había dicho lo había dejado sin palabras. «Aquel chico era su héroe y aquel día tú te convertiste en el mío». Catorce palabras concisas de efecto devastador.

–¿Tu hermana murió?

Maddie asintió con tristeza.

–Lo siento. Lo cierto es que visitaba a cientos de niños y no me acuerdo de ella –admitió Giannis.

–Fue hace mucho tiempo. No esperaba que te acordaras de ella. Lo único que quería era que supieras que, a pesar de que lo nuestro haya salido mal, siempre te estaré agradecida porque hiciste feliz a mi hermana.

Hamid le había dicho que el piloto del helicóptero estaba listo para despegar en cualquier momento, así que Maddie decidió no prolongar la despedida. Se le partía el corazón al tener que irse, pero no quería ser débil, quería aguantar y hacer una salida digna.

–No te vayas –le pidió Giannis–. Te pido perdón por haberte hecho daño y te pido también que te lo pienses mucho antes de irte. No es fácil encontrar la felicidad.

–Lo que tú y yo teníamos no era felicidad, era de mentira –contestó Maddie con amargura–. Ahora ambos lo sabemos.

Giannis observó cómo el helicóptero despegaba. Frustrado, se sirvió un brandy. Una vez a solas, se dio cuenta de que la partida de Maddie le hacía sentirse incómodo. Para empezar, porque tenía la sensación de no tener la situación bajo control. Menos mal que iba a estar un tiempo sin verla.

¿Y le había dicho que era su héroe? No, no era ningún héroe, no era el héroe de nadie, no quería hacerse ilusiones. ¡Qué típico de Madeleine Conway querer un héroe! Aquella mujer tenía ideales de cuento de hadas, expectativas demasiado fantasiosas.

Giannis se recordó entonces que Maddie había creído en todo momento que era soltero y sin compromiso. Se había comportado como un canalla, se había aprovechado de una virgen de ojos color esmeralda que lo tenía mitificado desde la adolescencia. Ahora entendía por qué lo había mirado como lo había hecho aquel primer día en la oficina, con aquel brillo especial en los ojos.

¿Qué podría hacer para devolverle aquel brillo?

¿Y qué culpa tenía él si otras mujeres le habían pedido tan poco que se había acostumbrado a no dar casi nada y a ser un arrogante?

Lo cierto era que Maddie poseía valores que Giannis admiraba sinceramente, pero también tenía mucho que aprender. Krista no era un elemento negociable en su vida. La había elegido como esposa y no se iba echar atrás. El único puesto que quedaba vacante era el de amante. Una cosa era su vida pública, en la que aparecería con su esposa, y otra muy diferente lo que hacía en su vida privada. Maddie iba a tener que entenderlo y aceptarlo.

Giannis decidió darle tiempo. No se quería ni parar a considerar lo que haría si se negara.

Tras esperar varias horas en el aeropuerto, Maddie consiguió volver a Londres, que la recibió con el cielo encapotado y gris. Al instante, echó de menos el sol de Marruecos y también a Giannis.

Había vuelto a Londres en un avión privado de la empresa de Giannis y se había visto obligada a no llorar delante de la tripulación. Nemos le había llevado la bolsa de viaje hasta la puerta de su casa.

Una vez a solas en la oscuridad de su apartamento, se había dado cuenta de lo oscuro y deprimente que le parecía aquel lugar, y se había apresurado a recordarse que aquélla era su vida de verdad.

Haciendo un esfuerzo supremo para no sentirse como si la hubieran partido por la mitad, se dijo que parte de la culpa de lo que había sucedido había sido, efectivamente, suya.

El millonario griego del que se había enamorado y que la había tomado meramente como una distracción sexual, había hecho lo correcto. No era para menos cuando se había entregado a él sin pensarlo en su despacho, sin apenas pararse a preguntarle si tenía alguna relación de pareja.

Eso le pasaba por vivir una vida peligrosa cuando ella no era así en realidad.

Al día siguiente, un recadero le llevó un magnífico ramo de rosas, pero Maddie no leyó la notita y, aunque le pareció una pena, tiró las flores a la basura.

Se apresuró a decirse que era imposible que estuviera enamorada de Giannis. ¿Cómo iba a estar enamorada de él cuando apenas lo conocía? Tenía que olvidarse de él cuanto antes, pero no podía. Se moría por volver a verlo.

Al día siguiente, la despertó el olor del desayuno de un vecino que le produjo náuseas. Aquel día le tenía que llegar el periodo y Maddie estaba desesperada por salir de dudas.

Agradeció mucho cuando la agencia de trabajo temporal la llamó para decirle que tenía trabajo aquella semana en una compañía de seguros y también cuando la hija de la señora Evans le pidió que se quedara con su madre un par de horas.

Una vez en su casa, la señora Evans, que tenía televisión por cable, le dijo que eligiera un programa. Mientras hacía zaping, Maddie se sorprendió al ver el rostro de Giannis en un documental sobre su vida amorosa. Completamente aturdida y dejándose llevar por la curiosidad, vio el programa entero.

Así vio cómo era Krista Spyridou, la impresionante rubia platino que parecía una supermodelo. A su lado, Maddie se sintió como una pueblerina con sobrepeso.

Para colmo, en el documental decían que Giannis y Krista se conocían desde niños y que compartían muchas cosas, y Maddie tuvo que admitirse a sí misma que lo cierto era que hacían buena pareja. Ambos eran griegos, ricos, guapos y sofisticados.

Ella no era así, lo que la llevó a preguntarse qué demonios habría visto Giannis en ella y, aunque le dolió mucho admitirlo, aceptó también que Giannis debía de querer profundamente a Krista.

¿Por qué si no la iba a haber elegido teniendo en cuenta la cantidad de mujeres entre las que podía optar?

Al día siguiente, nada más salir del trabajo, Maddie fue a una farmacia y compró una prueba de embarazo. Una vez en casa y tras haber leído las instrucciones una y otra vez, se hizo la prueba y no tardó en tener el resultado.

Iba a ser madre.

Maddie sintió ganas de llorar. De repente, se sintió muy joven y muy asustada. Lo había hecho todo mal. Se había quedado embarazada durante un encuentro sexual casual, no era nadie para Giannis Petrakos y seguro que no querría tener un hijo con ella.

Sintiéndose culpable y disgustada, Maddie pensó en Krista. ¿Cómo se sentiría si se enterara de que el hombre con el que se iba a casar iba a tener un hijo con otra? Krista, que no había hecho absolutamente nada, tendría que vivir el dolor y la humillación.

Posiblemente, en público. Si los medios de comunicación se enteraran de que Giannis Petrakos era el padre de la criatura de una trabajadora temporal, la noticia saltaría a las portadas y a los programas. Y ella tampoco saldría bien parada porque seguro que le colgarían el sambenito de cazafortunas interesada.

Haciendo una mueca de disgusto, Maddie se dio cuenta de que aquel escándalo no le haría ningún bien a ninguno de ellos. Sobre todo, al pobre niño, que algún día tendría que enfrentarse a su historia.

Además, Giannis había comparado la posibilidad de aquel embarazo con un desastre. Seguro que, si se lo decía, intentaría convencerla para que abortara, pero Maddie no estaba segura de estar preparada para considerar aquella opción.

Maddie se preguntó qué debía hacer, si debía informar a un hombre que no quería ser padre de que iba a serlo.

Muy nerviosa, se preguntó cómo iba a vivir. Apenas ganaba suficiente dinero para ella, y temía que un bebé necesitara mucho equipamiento y mucha ropa. Las guarderías eran caras, de eso estaba segura.

A media mañana, la llamaron a un despacho situado en la planta baja y le dijeron que esperara. Maddie así lo hizo, algo preocupada por si había hecho algo mal.

Cuando la puerta se abrió, se puso en pie y no pudo evitar exclamar sorprendida al ver entrar a Giannis.

Capítulo 6

GIANNIS miró a Maddie, que estaba pálida y tenía ojeras. Evidentemente, en los pocos días que habían transcurrido desde la última vez que se habían visto, había perdido peso.

–Estás fatal.

Maddie se sonrojó, pues sabía que era cierto que no tenía una luz interna especial, como su preciosa prometida, que no tenía el pelo brillante e impecable ni un cuerpo escultural.

Al instante, se dio cuenta de que estaba celosa, celosa de la mujer a la que había engañado. Aquello la hizo sentirse fatal y odió a Giannis por ponerla en semejante situación.

–¿Estás enferma? –le preguntó Giannis.

–¡No, no estoy enferma! –contestó Maddie girándose y colocándose de espaldas a él para intentar recuperar la compostura.

El corazón le latía desbocado. Nada más verlo, había querido perderse entre sus brazos, perdonarlo por lo que había hecho, volver a estar con él. Aquello debía de ser producto del deseo, que se había apoderado de ella,

–¿Qué haces aquí? ¿Cómo has conseguido entrar? –lo acusó–. ¿Cómo sabías que estaba trabajando aquí?

—Lo sé porque esta empresa es mía —contestó Giannis—. Quería verte.

—¿Esta empresa es tuya? —se sorprendió Maddie—. ¿Por eso me ofrecieron trabajar aquí esta semana?

—Ya que tienes que trabajar, ¿por qué no hacerlo para mí?

—¿Te excita jugar así con la vida de los demás? —se indignó Maddie.

—Quiero que vuelvas conmigo, *pedhi mou* —contestó Giannis mirándola con intensidad—. Siento mucho el disgusto que te he dado y te aseguro que esto no es un juego.

—¿Seguirías queriéndome a tu lado si te dijera que estoy embarazada?

Maddie se escuchó a sí misma pronunciar aquellas palabras desafiantes. No se lo podía creer. Estaba jugando con la verdad. Tarde o temprano, iba a tener que contarle que estaba embarazada.

Giannis permaneció en silencio.

Maddie necesitaba desesperadamente una respuesta positiva.

—¿Lo estás? —le preguntó.

Maddie comprendió al instante que no había nada que hacer.

—No —mintió.

Giannis apretó los dientes y se preguntó por qué demonios aquella mujer le hacía aquella pregunta. De haber sido verdad, todo su mundo se había trastocado. ¡Menuda pregunta tan estúpida y falta de tacto! Un embarazo no deseado sería una catástrofe mayúscula. Las amantes no se quedaban embarazadas.

En aquel momento, Maddie lo odió. Le habría

gustado colocar las palmas de su mano sobre la tripa para proteger a su bebé, gritarle que todo iba a ir bien, que no necesitaba a un hombre egoísta sin corazón como padre de su hijo.

–Tengo que volver al trabajo –anunció–. Por favor, no te vuelvas a acercar a mí.

–¿Cuánto tiempo vas a seguir con esto? –se enfureció Giannis–. Voy a estar fuera de Londres dos semanas.

–¿Y a mí qué me importa? ¿No me has oído? Te estoy diciendo que me dejes en paz.

En un movimiento que a Maddie no le dio tiempo de interceptar, Giannis la agarró de la mano y la besó, dejándola con la respiración entrecortada.

–No quiero perder el tiempo hablando. Vámonos a mi casa –le pidió Giannis.

Haciendo un supremo esfuerzo, Maddie se apartó de él.

–No.

–¿Quieres que te suplique?

–Estás prometido... –le recordó Maddie.

–Eso es un asunto de negocios... Tú eres un placer –murmuró Giannis con voz grave.

–No, no quiero estar contigo. No me convienes.

–Por si no te has dado cuenta, no quedan muchos héroes –la desafió Giannis.

Maddie se estremeció.

–Tienes razón, pero todavía quedan algunos hombres sinceros en los que se puede confiar, hombres con principios que tienen muy claro que el dinero no les da derecho a hacer lo que les da la gana. Algún día, conoceré a uno de ellos, a un hombre digno de mi respeto. ¡Te aseguro que ese hombre no eres tú!

Giannis se quedó mirándola anonadado. No estaba acostumbrado a que le insultaran.

—Cueste lo que cueste, me vas a respetar. Esperaré. Tengo paciencia. Al final, siempre consigo lo que quiero.

—No pienso volver contigo —insistió Maddie con vehemencia—. Me voy a trabajar.

Aquella misma noche, al llegar a casa desde el trabajo, Maddie decidió que Londres era una ciudad muy cara y que lo mejor que podía hacer era buscar otro lugar en el que vivir.

Así, podría labrarse un futuro antes del nacimiento de su hijo. Además, Giannis no sabría dónde buscarla y no tendría más remedio que dejarla en paz.

Aunque tenía poco dinero, no había tocado las mil quinientas libras que su abuela le había dejado en herencia. Con ese dinero, podía permitirse la mudanza, así que comenzó a recoger sus cosas, decidiendo lo que se podía reciclar para la beneficencia y lo que tenía que tirar a la basura.

Cuanto menos equipaje, mejor.

«¿Seguirías queriéndome a tu lado si te dijera que estoy embarazada?».

Giannis se dio cuenta de que había sido una prueba y que no la había superado.

Siempre había creído que llevar un estilo de vida lujoso y hacer regalos extravagantes era suficiente para tentar a cualquier mujer, pero Maddie era diferente, era compleja y desafiante… aunque sencilla a la vez.

Giannis se encontró preguntándose qué querría

una mujer de la Edad de Piedra de su hombre. Pronto comprendió que lo que querría una mujer así sería protección, comida y cobijo. De manera parecida, lo que Maddie esperaba del hombre que estuviera a su lado era poder confiar en él en todas las circunstancias.

Por eso, le había puesto a prueba con lo del embarazo y él no había estado a la altura. ¿Por qué? Porque, al igual que todos los ricos, estaba acostumbrado a mujeres frías y calculadoras que querían atraparlos con la excusa del embarazo.

Sin embargo, Maddie lo había preguntado sin malicia, para saber su nivel de compromiso hacia ella. Y él no había sabido contestar. Maddie había esperado una respuesta sincera, pero Giannis no recordaba haber contestado sinceramente a una mujer jamás.

Maddie no era como las demás, Maddie necesitaba escuchar de sus labios que, pasara lo que pasara, estaría a su lado y cuidaría de ella.

Por desgracia, Giannis no se había dado cuenta a tiempo de que lo único que podía hacer para ganársela era ser completamente sincero.

De repente, se encontró pensando en el rostro aburrido y petulante de Krista, de aquella mujer con la que se iba a casar y que solamente sonreía cuando se miraba al espejo.

Tras pensarlo unos minutos, Giannis decidió que no se iba a casar con ella.

Cuarenta y ocho horas después, voló a París para romper su compromiso matrimonial.

Desde el día de la pedida, Krista se había apoderado de todas sus casas y las utilizaba a su antojo. En aquella ocasión, estaba alojada en la casa que Giannis tenía en el centro parisino.

Giannis no avisó de su llegada y, al entrar, encontró a su prometida gritándole a una doncella que estaba al borde de las lágrimas.

—Giannis... —lo saludó Krista sonrojándose levemente.

A continuación, le indicó de malos modos a la doncella que podía irse. Giannis recordó entonces que había oído rumores de que el padre de Krista había tenido que pagar a una persona del servicio de su casa para que no denunciara a su hija por agresión.

En aquel momento, recordó cómo Maddie había tratado con gratitud y educación a los sirvientes en Marruecos.

Impaciente por acabar con lo que había ido a hacer, informó a Krista de que ya no quería casarse con ella.

—No hablas en serio... esos son los típicos nervios de antes de la boda —contestó Krista.

—Es culpa mía. No estoy listo para un compromiso así —insistió Giannis.

—¡Sabes que, aunque estés casado conmigo, podrás seguir haciendo prácticamente tu vida de soltero! —le aseguró Krista—. Giannis... sé que aprecias mucho tu libertad. Tengo muy claro que eres un hombre que necesita estar con muchas mujeres.

—Digas lo que digas, lo siento mucho, no nos vamos a casar.

—Pero ya lo tenía todo preparado.

Giannis consiguió mantenerse firme como una roca, pues estaba preparado para cualquier protesta.

Así, aguantó todos los reproches, las lágrimas y los gritos. Al final, la mayor preocupación de Krista era que iba a quedar como una idiota. Giannis también tenía aquello previsto, así que le ofreció la posibilidad de hacer público un comunicado conjunto.

Además, le dejó elegir el momento en el que lo harían llegar a las agencias de prensa y, por si fuera poco, le entregó un collar de diamantes y zafiros que había pertenecido a una princesa europea.

Tal y como había esperado, Krista se mostró encantada con la joya. Al ver las piedras preciosas, exclamó encantada y se deshizo en sonrisas.

—Cuando se te pase, llámame —se despidió de él.

—No se me va a pasar —le aseguró Giannis desde la puerta.

—Soy perfecta para ti —insistió Krista apartándose un mechón de pelo de su exquisito rostro—. Todo el mundo lo dice. Cuando volvamos, seremos como Romeo y Julieta.

—Se ha terminado, Krista —insistió Giannis pasando por alto el informarla de cómo había terminado la historia de Romeo y Julieta.

Al salir de casa, se sintió completamente liberado.

Jamás volvería a pedirle a nadie que se casara con él.

Había sido un gran error.

Si necesitaba a una mujer que supiera ser buena anfitriona, podía pagar los servicios de un catering profesional.

Maddie le había puesto un espejo delante y no le había gustado lo que había visto.

Tras asistir a una reunión en Dubai, Giannis volvió a Londres treinta y seis horas después. Aunque todavía no había perdonado a Maddie por cómo lo había tratado, se moría por verla, así que fue directamente desde el aeropuerto su casa para darle una sorpresa.

Pero la sorpresa se la llevó él porque Maddie no estaba. Al día siguiente, su jefe de seguridad le informó de que se había ido sin decir a dónde. Giannis no se lo podía creer. ¿Por qué se habría ido? Era la primera vez en su vida que una mujer huía de él.

Giannis se dijo que tenía que encontrarla. ¿Y si no lo conseguía? Se quedó paralizado durante un instante.

Una vez en la limusina, Nemos le entregó un objeto, indicándole que lo había encontrado en la basura. Se trataba de la caja de una prueba de embarazo. Giannis se quedó perplejo. De todas formas, pensó que era altamente improbable que la única vez en su vida que había tenido un problema con un preservativo fuera a tener consecuencias.

Pero, al menos, comprendía por qué Maddie se había mostrado tan enfadada con él la última vez que se habían visto. A ella debía de haberle molestado su falta de preocupación respecto a aquel asunto, lo cual era perfectamente entendible.

La revista estaba ya algo estropeada, pero Maddie reconoció al instante las fotografías de Giannis y de Krista.

Sin dudarlo, se puso en pie y fue a por ella. El ejemplar tenía varias semanas. En la portada, se veía la fotografía de ambos rota por la mitad y se informaba del final de su relación. Maddie se apresuró a buscar más información en el interior. Un amigo mutuo que prefería mantenerse en el anonimato decía que no iba a haber boda. Por lo visto, el compromiso se había roto sin más. Ni Giannis ni Krista estaban dispuestos a hacer comentarios a la prensa y habían pedido que se respetara su intimidad.

Maddie tomó aire profundamente y apretó la revista contra su pecho.

—¿Señorita Conway? Pase, por favor —le dijo en aquel momento una enfermera.

—¿Es la primera vez que viene? —le preguntó el médico mientras la pesaba y le tomaba la tensión—. ¿De cuánto está? De más de cinco meses, ¿no?

—No, apenas de cuatro... —contestó Maddie—. Fui al médico en Southend cuando estaba de mes y medio y entonces todo iba bien.

El médico no contestó. A no ser que aquella mujer estuviera confundida con las fechas, tenía un problema. Se le notaba demasiado el embarazo aunque, por otra parte, estaba muy delgada y parecía muy cansada. Además, no le gustó la tensión que tenía. Tras examinarla, le indicó que quería que le hicieran una ecografía en el hospital.

—Además, quiero que deje de trabajar —le dijo.

—Sólo hago unas horas de vez en cuando. No puedo permitirme económicamente dejar de trabajar.

—¿Quiere que el niño esté bien?

Maddie asintió.

—Entonces, debe descansar.

Maddie sintió que el miedo se apoderaba de ella. Lo único que había conseguido mantenerla a flote durante aquellas semanas en las que se había sentido tan sola desde que se había ido de Londres era la idea de tener un hijo.

Se sentía muy cansada y había perdido el apetito y bastante peso, pero no se le había pasado por la cabeza que estuviera teniendo un embarazo de riesgo. Las palabras del médico la habían dejado destrozada. Vivía en una pensión y trabajaba de cajera en un restaurante que estaba abierto todo el día, y lo cierto era que estaba cansada.

Ahora que sabía que Giannis ya no se iba casar, no se le ocurría ninguna razón para no ponerse en contacto con él y pedirle ayuda. Por supuesto, habría preferido no tener que hacerlo, poder ser completamente independiente, pero comprendía que no era lo mejor ni para ella ni para el niño.

Tras abandonar la consulta médica, buscó en el bolso la tarjeta de visita que Giannis le había entregado hacía meses, buscó una cabina pública en el centro comercial y marcó muy lentamente los números de su teléfono móvil. El corazón le latía tan rápidamente y estaba tan nerviosa que estuvo a punto de colgar.

Giannis contestó en griego.

–Hola... soy yo –anunció Maddie–. Quiero decir, perdón... soy Maddie.

Giannis se puso en pie inmediatamente.

–¿Dónde estás?

Al oír su voz, Maddie sintió unas horribles ganas de llorar.

–Estoy en Reading –contestó–. Necesito verte.

–Cuando quieras. Dame tu dirección. Te mando un coche para que te recoja –se ofreció Giannis inmediatamente.

–No, no hace falta. Tomaré el tren hacia Londres esta tarde.

Como buen negociador que era, Giannis sabía cuándo no insistir. Era evidente que Maddie no se fiaba de él.

–¿Dónde quieres que nos veamos? ¿En mi casa?

–No...

No sabiendo muy bien dónde quedar, aceptó la idea de Giannis de que su chófer la fuera a buscar a la estación y la llevara a un hotel para cenar juntos.

–Todo irá bien –le aseguró Giannis.

Maddie no estaba tan segura.

–Preferiría que nos viésemos en privado.

Giannis sonrió encantado. Evidentemente, Maddie lo había echado de menos. Por supuesto. ¡Llevaba tres meses sin saber nada de ella! Era increíble que una mujer tan amable pudiera ser también tan testaruda como una mula.

Giannis se moría por volver a verla, por tomarla entre sus brazos y hacerla suya de nuevo para asegurarse de no volver a perderla de vista jamás.

Con aquella idea en la cabeza, canceló todas las citas que tenía para aquella tarde, dejando a sus secretarias con la boca abierta.

Aunque hacía calor, Maddie se había puesto una chaqueta larga que, sorprendentemente, ocultaba su silueta de embarazada.

Nemos la recibió con una sonrisa afectuosa en la estación y la condujo hasta un hotel exclusivo que no hizo más que ponerla más nerviosa.

–El señor Petrakos la espera aquí... –le dijo abriendo una puerta.

Nada más hacerlo, Maddie lo vio... alto, vibrante

e increíblemente guapo, con un traje gris marengo que tenía pinta de ser increíblemente caro.

De hecho, sólo lo veía a él.

Lo primero que Giannis pensó era que Maddie estaba preciosa, que parecía un cuadro vivo. Parecía menuda y frágil con aquella chaqueta negra tan grande que se había puesto y que le hacía contraste con el rojo de su pelo y el blanco de su piel.

–¿Quieres beber algo? –le preguntó.

–No, gracias...

Giannis dio un paso al frente para recogerle el abrigo. No le gustaba verla tan distante y evasiva. Jamás la había visto tan tensa. No quería ni pensar en lo que haría si Maddie quisiera irse de nuevo.

–No, todavía no me lo voy a quitar... –contestó Maddie dando un paso atrás–. Te tengo que decir una cosa –añadió al darse cuenta de que era absurdo retrasar el motivo de su visita.

–Estás muy nerviosa.

Maddie tomó aire.

–Hace unos tres meses, te mentí.

–Te perdono –contestó Giannis en tono divertido, convencido de que lo que para Maddie era una mentira seguro que era una pequeña falta sin importancia.

No en vano aquella mujer tenía principios férreos.

–¿Cómo me vas a perdonar si no sabes cuál fue la mentira?

–Estás preciosa –contestó Giannis–. Dime que vas a volver a casa conmigo esta noche y ni siquiera te preguntaré por esa mentira de la que hablas, *pedhi mou*.

Maddie no se podía creer lo que estaba escuchando, pero, de repente, los recuerdos se apoderaron de ella. Aquel hombre exudaba energía sexual por los cuatro costados y era el mismo hombre que le había enseñado qué era el placer exquisito.

Maddie sintió un tremendo calor por todo el cuerpo. No podía negar que durante su estancia en Marruecos lo había seguido apasionadamente allí donde la había querido conducir. De hecho, su propia pasión la había sorprendido. Ni siquiera era consciente de poder desear a un hombre como deseaba a Giannis Petrakos. No era de extrañar que no la tomara en serio.

–¿Es que acaso no sabes pensar en otra cosa? –le espetó.

–Cuando estoy contigo, no... –contestó Giannis eligiendo ser sincero, tal y como Maddie le había pedido–. De hecho, cuando pienso en ti, ni siquiera puedo trabajar. A lo mejor, si te quedaras a mi lado durante un algún tiempo, podría agotar este deseo erótico que siento por ti, podría pensar en otras cosas... de vez en cuando.

–¿Por ejemplo en mantener una conversación seria? –lo interpeló Maddie, desabrochándose la chaqueta con manos temblorosas.

–No me gustan las conversaciones serias –contestó Giannis.

Maddie se quitó la chaqueta de manera desafiante y la dejó sobre el respaldo de la silla. Lo cierto era que le daba vergüenza la viera embarazada, pues la había encontrado muy atractiva y le había gustado su cuerpo cuando no estaba embarazada.

–Yo creo que a ti tampoco te gustan las conversaciones serias –añadió Giannis rezando para que Maddie siguiera desnudándose.

No le importaba tener que mantener una conversación seria después. De hecho, lo aceptaba, le parecía un buen precio.

Lo importante era que había vuelto. Estaban juntos de nuevo. Quería que se fuera a casa con él. ¿Por qué no celebrarlo?

Lo que no le iba a contar bajo ningún concepto era que le había adjudicado un equipo de tres personas para que la vigilaran y se aseguraran de que no se volviera a escapar jamás.

–¿Giannis? –dijo Maddie mojándose los labios.

Había creído que Giannis se iba a dar cuenta inmediatamente de que su cintura ya no era una cintura de avispa, pero Giannis no paraba de mirarle la boca.

–Me encantan tus labios...

Maddie pensó que debía de ser que la camiseta negra y la falda que llevaba ocultaban su estado mucho mejor de lo que ella creía, así que tomó aire y se lanzó.

–¿No me notas algo distinto?

Giannis se la estaba comiendo con los ojos, deslizando su mirada por cada detalle de su cuerpo, imaginándosela en su cama, en su despacho, en su casa, en su avión privado.

–Tus pechos me vuelven loco...

Maddie se sonrojó de rabia e incredulidad y se puso de lado.

–¿Y mi tripa?

Giannis enarcó las cejas y se preguntó por qué así de lado Maddie parecía que se había tragado un cojín.

–Enorme...

Maddie palideció. Sí, desde luego la palabra describía perfectamente su estado. En cualquier caso, no debía asombrarse. Había sabido desde el principio que sus nuevas proporciones no le iban a gustar en absoluto.

–Estás embarazada –murmuró Giannis en griego repitiéndolo a continuación en inglés para que no quedara duda de que se había dado cuenta–, pero es imposible. Me dijiste que no lo estabas.

Maddie se quedó en silencio unos segundos.

–¿No me habías dicho que no estabas embarazada? –murmuró Giannis.

Capítulo 7

Sí, pero...
Giannis la miró con tanta intensidad que Maddie se sintió incómoda.

–¿Es ésta la mentira de la que me querías hablar?

Maddie asintió.

–Entonces, no te perdono –declaró Giannis.

–Comprendo que es una gran sorpresa para ti...

Giannis se sentía completamente indignado. Le había parecido fatal que hubiera desaparecido, pero que lo hubiera hecho estando embarazada de él se le antojaba inconcebible. Todos aquellos meses que podrían haber estado juntos y que habían desperdiciado.

–Más que sorpresa, lo que siento es responsabilidad...

–¿Por el desastre ocasionado? –le espetó Maddie elevando el mentón en actitud desafiante–. Así fue como describiste la posibilidad de que me quedara embarazada.

–No seas injusta. Aquellas palabras las dije de manera casual.

–A mí no me aparecieron casuales en absoluto –protestó Maddie–. Aunque yo no lo sabía en aquel momento, tú estabas prometido con otra mujer. Sí, acepto que fuera casual para ti y entiendo que no quisieras tener un hijo conmigo, pero no me vengas ahora con ésas. Admite que esta situación es horrible para ti.

Giannis la miró muy serio.

–No me digas lo que tengo que admitir o lo que no, no sabes ni lo que pienso ni lo que siento –le espetó con desdén–. ¡Y no te intentes excusar!

–No me estoy intentando excusar.

–Claro que sí y, al hacerlo, estás empeorando las cosas. Lo que has hecho es inaceptable. Sí, es cierto que nunca se me pasó por la cabeza que te fueras a quedar embarazada, pero me lo tendrías que haber dicho nada más enterarte.

–¿Por qué?

Giannis se quedó mirándola muy enfadado. Estaba fascinado con su vientre. Era la primera vez que se quedaba mirando a una mujer embarazada. Lo cierto era que jamás le habían interesado, pero ahora era diferente, ahora se trataba de Maddie.

De repente, Giannis se sintió tremendamente satisfecho. Maddie llevaba su semilla en sus entrañas.

–Porque es mi hijo –contestó–. Tenía derecho desde el principio a saberlo.

Maddie se revolvió, deseando que dejara de mirarla así.

–No comparto tu opinión –le dijo.

–¡Pues más te hubiera valido hacerlo porque mira la que has montado! –la acusó Giannis–. ¿Cómo te atreves a desaparecer sin decirme que estabas esperando un hijo mío? ¿Cómo te atreves a excluirme de su vida?

–¡Yo no he hecho nada! –se defendió Maddie también enfadada–. Desaparecí para haceros un favor a tu prometida y a ti.

–¡No digas tonterías! Desapareciste porque estaba prometido y me iba a casar con otra mujer, para castigarme, para vengarte de mí.

–No digas eso, es espantoso... ¡yo no soy así de egoísta ni de cruel!

–Lo primero que deberías hacer es decirme dónde has estado.

–Me fui a Southend, pero tuve problemas con el casero y me tuve que mudar de nuevo...

–¿Qué tipo de problemas?

–No paraba de pasar por casa y me dio miedo –admitió Maddie.

–Deberías habérmelo dicho –se enfureció Giannis–. ¿Por qué no me llamaste?

–No fue para tanto –contestó Maddie–, pero... la segunda mudanza me dejó completamente sin dinero y no me es fácil encontrar trabajo en mi estado –admitió.

Ojalá hubiera sido de otra manera, ojalá hubiera tenido dinero para poder hacerse cargo de sí misma, pero no era así.

Giannis se dirigió hacia la ventana y Maddie se fijó en que estaba muy tenso. Lo cierto era que se sentía traicionado y no le había gustado que Maddie no lo llamara antes para pedirle ayuda. Ninguna otra mujer le había negado un lugar principal en su vida. Ninguna mujer se había comportado como si no fuera de confianza.

–¿Y qué fue de tus principios? –se burló–. Recuerdo que estabas muy orgullosa de tu ética. ¿Qué fue de ellos cuando te fuiste sin decirme que estabas embarazada de mí?

Maddie se removió incómoda en la butaca.

–Estaba convencida de estar haciendo lo mejor...

–Confiaba en ti, pero me mentiste –la increpó Giannis.

–No lo estaba pasando bien emocionalmente, me sentía muy culpable, pero ahora entiendo que, si tuve algo que ver en la anulación de tu boda, no me tendría que haber ido cuando descubrí que estaba embarazada.

Giannis dio un respingo. La asociación de ideas que acababa de verbalizar Maddie lo incomodó sobremanera. Aquella mujer era demasiado rápida.

–Tú no tuviste nada que ver con la cancelación de mi boda –le espetó de manera fría y distante–. Te lo digo para que no tengas remordimientos de conciencia.

–Gracias –contestó Maddie cuando, en realidad, no se sentía agradecida en absoluto.

Lo cierto era que se sentía profundamente herida por el rechazo de Giannis, tan dolida que apenas se atrevía a mirarlo a los ojos. Se sentía también humillada, pues, en cuanto se había enterado de que Giannis y Krista ya no se iban a casar, había aprovechado la primera excusa para contactar con él y volver corriendo a su lado.

¿Cómo se le había ocurrido decir que creía haber tenido algo que ver en la ruptura de su compromiso? ¡Qué vergüenza!

–No vuelvas a mentirme. Espero más de ti, *pedhi mou* –declaró Giannis.

A continuación, se giró hacia ella y se dio cuenta de que, a pesar de que Maddie le había escondido algo muy importante, la furia estaba comenzando a disiparse. Aunque estaba embarazada, estaba preciosa. Giannis se estaba acostumbrando ya a su nueva silueta. De hecho, le estaba empezando a gustar. Al fin y al cabo, aquel cambio que se estaba operando en su cuerpo era responsabilidad suya.

Maddie se sentía tremendamente frágil, pues había comprendido que para Giannis no había sido más que una mujer con la que se había acostado, pero que no era nada especial para él. De repente, sintió náuseas y la frente perlada de sudor.

Giannis era muy importante para ella y, aterrorizada ante la posibilidad de ponerse a vomitar en su presencia, tomó aire varias veces para ver si se le pasaba el mareo.

–Giannis... –le dijo.

Pero, de repente, las náuseas fueron tan fuertes que la obligaron a ponerse en pie llevándose una mano a la boca. No pensaba en aquellos momentos más que en abandonar la habitación, pero su cuerpo no reaccionó. Maddie se vio envuelta por una profunda oscuridad, sintió mucho calor y perdió el conocimiento.

Al principio, Giannis se quedó mirándola estupefacto, pero no tardó en reaccionar, apretar el botón de alarma de su reloj para llamar a su equipo de seguridad y arrodillarse a su lado para colocarla en una postura más cómoda.

Maddie recuperó el conocimiento cuando sintió una potente luz en el rostro que la cegó.

–¿Qué es eso?

–Son periodistas –gruñó Giannis, que subía de dos en dos los escalones con ella en brazos –. Nos estaban esperando a la salida del hotel y nos han seguido. Asquerosos.

–¿Y dónde estamos?

–En una clínica privada. Quiero que te vea un médico.

–He estado en el médico esta mañana, lo que pasa es que no he desayunado –le explicó Maddie–. Déjame en el suelo. Puedo andar perfectamente.

Giannis enarcó las cejas y la dejó en el suelo con mucho cuidado, pero, cuando Maddie intentó recuperar la verticalidad, sintió que la cabeza le daba vueltas de nuevo y tuvo que agarrarse al brazo de Giannis para no perder el equilibrio.

–Deja que te cuide –le indicó Giannis tomándola de nuevo en brazos–. Déjame que actúe haciendo lo que se me da mejor hacer.

Maddie se dio cuenta de que los acompañaba un grupo de personas formado por Nemos y sus hombres y unos cuantos médicos. Todo el mundo los miraba.

–¿Te refieres a dar órdenes? –se burló.

Giannis la miró algo más relajado y se rió.

–Sabes perfectamente que dar órdenes se me da bien, pero que hay otras cosas que se me dan mucho mejor –bromeó en tono divertido.

–¿Ya estás pavoneándote? –bromeó también Maddie.

A pesar de que sabía que eran el centro de atención, le entraron unas ganas locas de abrazarlo con fuerza. Quería atrapar aquel momento para siempre en su memoria para poder revivirlo cuando ya no lo tuviera cerca.

Aquel hombre le había mostrado lo vulnerable que podía ser. Maddie se había ido de Londres creyendo que era lo mejor que podía hacer, pero no había pasado un solo día en el que no hubiera pensado en él, en el que no lo hubiera echado de menos y en el que no le hubiera gustado pasar aunque sólo hubieran sido cinco minutos en su compañía.

Giannis dejó a Maddie sobre una mesa para que la examinaran y se giró hacia el ginecólogo que los estaba esperando. Una vez a solas con él, Maddie contestó a todas sus preguntas.

–Percibo el latido de dos corazones –le indicó el médico–. Está usted embarazada de gemelos.

Maddie pensó en su hermana Suzy y sonrió encantada. Cuando salió de la consulta, sentada en una silla de ruedas, Giannis la estaba esperando.

–Parece que os habéis puesto todos de acuerdo para no dejarme andar –le dijo–. Me van a hacer una ecografía y he terminado. Estoy bien... –le aseguró.

–Te acompaño –contestó Giannis.

Maddie asintió, anonadada ante el nivel de atención que estaba recibiendo y también por la impresionante clínica privada en la que la estaban atendiendo. Sin embargo, desde el mismo instante en el que el doctor le dijo que mirara el monitor, se olvidó de todo y se entregó atónita a las imágenes en tres dimensiones que procedían de aquel equipo de alta tecnología.

–Mira, un bebé... –murmuró Giannis con incredulidad.

Lo cierto era que creía que en una ecografía no se iba a ver nada reconocible y no esperaba ver una diminuta carita.

–Oh, qué preciosidad... –se maravilló Maddie.

–¿Es niño? –preguntó Giannis apretándole la mano.

–¿Lo quieren saber? –les preguntó el médico.

–Sí, me gustaría saberlo –contestó Maddie.

–Éste de aquí es niño...

–¿Qué quiere decir eso de «éste de aquí»? –se sorprendió Giannis.

–Estoy embarazada de gemelos –contestó Maddie dándose cuenta de repente de que no había compartido aquella información con él.

–Es un poco difícil de saber por la posición en la que están, pero estoy casi seguro de que la otra es una niña –intervino el ginecólogo.

–*Theos mou*… mellizos –murmuró Giannis apretándole todavía más la mano y acariciándole la muñeca.

–¿Están bien? –se interesó Maddie.

El médico le aseguró que así era y le aconsejó que no se preocupara, que comiera más y que durmiera todo lo que le apeteciera. Giannis la volvió a depositar en la silla de ruedas con mucho cuidado. Estaba anonadado. Iba a tener dos hijos, un niño y una niña, sangre de su sangre.

No salía de su asombro ante la noticia. Y lo que más le sorprendía era que estaba satisfecho y ansioso por verlos. Siempre había creído que le daba igual ser padre o no serlo, pero, en el mismo instante en el que había visto los rostros de sus hijos en la pantalla, algo había cambiado en su interior.

De repente, se había sentido responsable de la protección de Maddie y de los bebés.

–Nos vamos a casa. Así, podrás comer y descansar –anunció mientras la limusina se alejaba de la clínica.

Al pasar por la entrada principal, Maddie vio que los periodistas hacían gestos de enfado y frustración, pues la limusina los había recogido en la puerta trasera y habían perdido las fotografías de la salida.

–Mi casa no está lejos de aquí –anunció Giannis.

–No me parece buena idea –contestó Maddie sin

atreverse a mirarlo–. Preferiría alojarme en un hotel.

–No digas tonterías –contestó Giannis con incredulidad.

–Ya sé que los hoteles son caros y yo también prefiero una casa –razonó Maddie–. Lo cierto es que te agradecería que me buscaras una y te encargaras de todo para que pudiera apañármelas yo sola.

–No pienso dejarte sola. No pienso separarme de ti, *pedhi mou.*

Maddie lo miró de reojo y, al encontrarse con sus ojos, sintió que el corazón le daba un vuelco, así que se apresuró a apartar la mirada y a mirar por la ventanilla. Mientras lo hacía, se dijo que, en lo concerniente a Giannis, nunca había actuado como una mujer madura, y decidió que aquello se había terminado. Estaba embarazada y, por el bien de sus hijos, tenía que comportarse como una adulta inteligente.

–Giannis, necesito que me escuches –le pidió muy seria–. Necesito ser independiente. No me sentiría cómoda alojándome en tu casa. Mira, los dos sabemos lo que ha pasado, los dos sabemos que nos acostamos y que me he quedado embarazada por accidente. Ésa es la única razón por la que estamos juntos en estos momentos. No hace falta que finjas que hay algo más.

Aquellas palabras no le hicieron a Giannis ninguna gracia. Maddie se estaba distanciando justo en el momento en el que a él le apetecía estar más cerca de ella.

–Claro que hay algo más...

–No, no lo hay –le interrumpió Maddie recordando que Giannis le había dicho que ella no había tenido nada que ver en la anulación de su boda.

Aunque le dolía sobremanera recordarlo, le estaba agradecida por su sinceridad… aunque sus esperanzas y sus sueños habían caído como castillos en el aire. Lo cierto era que lo amaba. Estaba completamente enamorada de él, pero Giannis no sentía lo mismo por ella.

Iba a tener que aprender a vivir con esa realidad y, cuanto menos tiempo pasara con él, mejor.

–Maddie... –insistió Giannis decidido a convencerla.

–Espero que, cuando nazcan nuestros hijos, te intereses por ellos y espero que seamos ambos capaces de comportarnos como dos adultos civilizados –murmuró Maddie, sintiendo que los ojos le picaban de las terribles ganas de llorar que tenía, lo que la estaba obligando a mantener la cabeza gacha.

Giannis estaba a punto de decirle que eso que acababa de decir había sonado sospechosamente a amenaza, que no le parecía justo y que no estaba dispuesto a aceptarlo, pero sucedió algo que le hizo cambiar de parecer.

Una lágrima se estrelló en las manos de Maddie.

Una lágrima.

Giannis se quedó de piedra y, cuando consiguió reaccionar, intentó abrazar a Maddie, que se apresuró a distanciarse de él como si tuviera una enfermedad contagiosa. Giannis se sentía completamente impotente.

Maddie temblaba. Era evidente que estaba disgustada, pero no dejaba que la consolara. Giannis se limitó a entregarle un pañuelo. Ver llorar a Maddie le había producido un fuerte impacto.

Aquella mujer estaba cansada, disgustada y embarazada. Giannis no quería disgustarla más ni intimidarla, así que, por primera vez en su vida, controló su fuerte personalidad, se guardó sus argumentos para sí mismo y, por el bien de Maddie, decidió hacer las cosas lentamente y la llevó a un hotel.

A la mañana siguiente, después de haber pasado una noche maravillosa, Maddie se despertó muy descansada. Tenía una suite entera para ella, una suite en la que había disfrutado de una cena estupenda, se había dado un baño caliente y se había metido en una cama muy cómoda en la que se había quedado dormida en pocos minutos.

Por la mañana, descubrió que su equipaje, que había dejado en la pensión de Reading, estaba allí, así que se puso unos pantalones de embarazada beis y una camiseta verde y procedió a desayunar. Acababa de terminar cuando llamaron a la puerta y, dando por seguro que sería el servicio de habitaciones que llegaba a recoger la mesa, abrió sin utilizar la mirilla.

–Veo que sabes quién soy. ¿Puedo pasar? –le preguntó Krista Spyridou.

Maddie palideció y, a continuación, se puso roja. Krista cerró la puerta y cruzó la estancia para acomodarse en una butaca. Maddie no podía dejar de mirarla. Aquella mujer, con su pelo rubio platino graciosamente peinado y sus preciosos ojos azul turquesa, era perfecta.

–Veo que estás avergonzada –comentó Krista–, pero no tienes por qué estarlo porque tengo la solución perfecta para todos nuestros problemas.

Sorprendida ante la llegada de aquella mujer a la que suponía que habría herido mucho, Maddie se quedó de pie en el centro de la suite.

—No sé qué decir. Supongo que me odias.

—¿Por qué? Si no se hubiera acostado contigo, lo habría hecho con otra. Giannis es así y yo tengo muy claro que no debo interferir. Me siento muy privilegiada de formar parte de su vida porque es un hombre especial —sonrió—, pero lo cierto es que este embarazo tuyo es un poco problemático.

—¿Cómo sabes que estoy embarazada? —se sorprendió Maddie cada vez más incómoda ante los comentarios de Krista, que le estaba dando a entender que su relación con Giannis seguía adelante.

—¿No has visto la prensa? Ayer os hicieron fotografías en la clínica. No es que salgas muy bien, la verdad, pero se nota que estás embarazada —se rió Krista—. Todo lo que ocurre en la vida de Giannis Petrakos sale en la prensa.

—Lo siento mucho, pero no me apetece hablar de mi vida privada contigo —contestó Maddie.

—Si de verdad te interesa el bienestar de tus mellizos, me escucharás.

—¿Cómo sabes que voy a tener mellizos?

—¿Cómo lo voy a saber? Me lo ha dicho Giannis, por supuesto.

El hecho de que Giannis hubiera hablado con aquella mujer de su estado no le hacía ninguna gracia. Además, Krista Spyridou le daba miedo.

—Vamos a centrarnos en lo que he venido a proponerte —continuó Krista—. Escúchame bien.

—No es que quiera ser grosera, pero me gustaría saber qué tiene todo esto que ver contigo —preguntó Maddie intentando recuperar la compostura—. Por lo que tengo entendido, ya no estás prometida con Giannis.

—Giannis y yo somos amigos íntimos. No es la

primera vez que rompemos nuestra relación, pero siempre vuelve conmigo. Entiendo que está pasando por una situación complicada y quiero ayudarlo.

Maddie apretó los puños. Se sentía humillada.

–Si quieres ayudarlo, vete a hablar con él.

–No, lo que tengo que decirte es entre tú y yo. Estoy dispuesta a adoptar a tus hijos cuando nazcan.

Maddie se quedó de piedra.

–¿Cómo dices?

–Es la mejor solución para todos. Giannis y yo nos casamos, tal y como teníamos previsto, y nos hacemos cargo de los niños. Es perfecto.

Sintiendo una profunda repulsión ante la sugerencia, Maddie se quedó mirando a la rubia y se preguntó si sería verdad que Giannis volvería con ella. Krista parecía muy segura de sí misma.

–¿Giannis sabe que me has venido a ver?

–¿Tú qué crees? –contestó Krista enarcando una ceja.

Maddie sintió que el corazón se le caía a los pies y que un terrible frío se apoderaba de ella. Al instante, se preguntó si aquél era el precio que tenía que pagar por haber querido ser independiente y haber rechazado la oferta de Giannis.

El hecho de que hubiera hablado con Krista sobre ella debía de querer decir que estaban, efectivamente, muy unidos.

–Evidentemente, Giannis se siente responsable hacia los niños.

–Pues no tiene por qué sentirse responsable de ellos porque me apañaré sola perfectamente –se apresuró a asegurarle Maddie.

–Giannis no lo tolerará. Es un Petrakos y eso quiere decir que está acostumbrado a tenerlo todo bajo control. Supongo que sabes lo que eso significa. Si no le parece que eres una buena madre, te quitará a los niños.

Maddie hizo una mueca de disgusto.

–Giannis es un hombre muy poderoso que no duda en hacer lo que tenga que hacer cuando quiere algo. Si permites que yo adopte a tus hijos, le harás muy feliz y se asegurará de que tengas suficiente dinero como para no tener que volver a trabajar en tu vida –continuó la rubia.

–¡No tengo ninguna intención de deshacerme de mis hijos! –exclamó Maddie–. Ni por todo el oro del mundo.

–Te aseguro que los trataría como si fueran míos –continuó Krista–. Estoy intentando ayudarte. Si no tienes cuidado, te los van a quitar. Giannis los quiere con él. Piénsalo bien. ¿Qué les puedes ofrecer tú?

–Por favor, vete –le indicó Maddie abriendo la puerta.

–Sé razonable y haz lo correcto. Algún día tus hijos te lo agradecerán –insistió Krista dejando su tarjeta de visita sobre la mesa.

Una vez a solas, Maddie tardó varios minutos en serenarse. Se sentía amenazada e intimidada y, sobre todo, asustada. Muy asustada. ¿Habría mandado Giannis a Krista como mensajera? Era evidente que Krista estaba dispuesta a hacer lo que fuera necesario para agradar a Giannis y conseguir casarse con él, incluso aceptar a los hijos de otra mujer y comprometerse a criarlos.

Maddie se preguntó si se habrían aliado contra ella, si Giannis y la heredera griega habrían hecho las paces, si por ironías de la vida su embarazo los habría vuelto a unir.

Sin pensar lo que hacía, Maddie volvió a meter su ropa en la maleta.

Se iba.

No sabía a dónde, pero no tenía más remedio que irse. No era una huida, pero tenía que protegerse y proteger a sus hijos, pues estaba convencida de que no estarían mejor con Krista que con ella. De hecho, aquella mujer parecía una piraña sin sentimientos.

Muy preocupada, Maddie se metió en el ascensor y salió a la calle.

Giannis estaba en una reunión cuando recibió la llamada de su jefe de seguridad.

—¡Que no la pierdan de vista ni diez segundos! —le advirtió Giannis en griego—. Asegúrate de que no le pase absolutamente nada.

Dicho aquello, colgó el teléfono y salió de la sala de juntas sin decir palabra.

Así que Maddie huía de nuevo. No se lo podía creer. Estaba furioso. ¿Qué demonios le pasaba a aquella mujer? Desde luego, darle su espacio y su tiempo no había sido una buena idea. Había sido, más bien, un desastre, así que había llegado el momento de hablar muy en serio.

Giannis se subió a la limusina completamente furioso.

Capítulo 8

MADDIE corría calle abajo cuando, de repente, Giannis apareció ante ella.

–Por favor, sube al coche –le pidió–. No quiero ver en los periódicos de mañana una fotografía de nosotros peleándonos.

Giannis había salido de la nada y la sorpresa había sido tan grande que a Maddie no le dio tiempo ni de reaccionar.

–Yo...

–Esos niños también son mis hijos –insistió Giannis muy enfadado.

Maddie asintió y se subió a la limusina. ¿Qué otra cosa podía hacer?

–¿Cómo te has enterado de que me había ido del hotel?

–Me he enterado porque tu equipo de seguridad me ha llamado.

–¿Me estás vigilando?

–Después del numerito que acabas de protagonizar, no te pienso pedir disculpas por ello –contestó Giannis fulminándola con la mirada–. Si hubieras conseguido irte sin que nadie te viera, a lo mejor no te habría encontrado jamás. ¿Es eso lo que me merezco? ¿Tan mal te he tratado? ¿Acaso no tengo derecho a conocer a mis hijos?

Maddie sintió que una mezcla de vergüenza, frustración y confusión se apoderaba de ella.

–No deberías haber enviado a Krista a verme. Esa mujer asusta a cualquiera.

–¿Krista? –se extrañó Giannis–. ¿Krista ha ido a verte?

Maddie asintió.

Giannis apretó los dientes, se sacó el teléfono móvil del bolsillo, marcó un número y comenzó a hablar en griego de manera rápida y furiosa. Mientras lo hacía, Maddie tomó aire varias veces para intentar recuperar la compostura.

–Yo no le he dicho a Krista en ningún momento que fuera a verte –le aseguró Giannis una vez hubo colgado el teléfono.

Maddie no se atrevía a creerlo. Le daba miedo confiar en él de nuevo. No sabía si era su amigo o su enemigo.

–Ya hablaremos en casa –anunció Giannis.

Lo cierto era que no se le había ocurrido la posibilidad de que Krista se presentara en el hotel y se sentía culpable por ello, pero también estaba harto de que Maddie lo tratara como si fuera su enemigo.

Una vez en casa de Giannis, Maddie no se dejó impresionar por las paredes de mármol ni por los suelos de madera pulida y decidió ir directamente al grano.

–Krista se ha presentado en el hotel esta mañana para hacerme una propuesta. ¿Sabes de qué se trata? –le espetó, intentando controlar el deseo.

Porque, aunque se repetía una y otra vez que aquel hombre era el enemigo, lo cierto era que no podía remediar el deseo que sentía por él.

–¿Y cómo quieres que lo sepa? –contestó Giannis, ofreciéndole una silla.

–Supongo que hablaste con ella anoche porque me ha dicho que sabía que voy a tener mellizos.

–Cuando vi que nos habían hecho fotografías en la clínica, decidí llamarla. Me pareció lo correcto –la informó Giannis–. Una cosa es que no me vaya a casar con ella y otra muy diferente aparecer en público con una mujer embarazada al poco de haber roto nuestro compromiso.

–Veo que sigues estando muy unido a ella.

–La conozco de toda la vida –contestó Giannis–. ¿Para qué ha ido a verte?

Maddie se quedó mirándolo y enarcó una ceja.

–¡Yo no lo sé! –le aseguró Giannis.

Maddie tragó saliva.

–Ha venido a pedirme que os entregara a vosotros a mis mellizos para que los adoptarais.

–No te creo.

Maddie apretó los dientes.

–Pues ya me puedes ir creyendo porque es la verdad. Me ha dicho que no es la primera vez que rompéis vuestra relación y que luego os reconciliáis, y que la solución perfecta sería la adopción. Parecía convencida de que te ibas a casar con ella y de que entre los dos criaríais a mis hijos.

Giannis se pasó los dedos por el pelo.

–Hay ocasiones en las que la mente femenina me sorprende. Ésta es una de ellas. Qué gran locura la de Krista.

A Maddie le hubiera gustado que le asegurara que jamás se había reconciliado con Krista después de una ruptura y que no se iba casar con ella, pero no lo hizo.

–¿Cómo voy a confiar en ti? –se lamentó.

Giannis la miró, allí sentada, con su pelo rojizo

cayéndole sobre los hombros, y la deseó al instante. Maddie se dio cuenta inmediatamente y se apresuró a cruzarse de brazos, momento en el que se percató de que tenía los pezones abultados y rezó para que Giannis no se fijara.

—Maddie, vámonos a la cama ahora mismo —le propuso—. Olvidémonos de todo esto —murmuró Giannis con voz trémula—. Nos necesitamos —le dijo acercándose a ella y tomándola entre sus brazos.

Al instante, Maddie sintió su erección, lo que la hizo sentirse muy satisfecha. Sin embargo, y a pesar de que sentía una dulce humedad entre las piernas, intentó apartarse.

—No... no... no puedo... no está bien —se lamentó.

—¿Cómo no va a estar bien si nos vamos a casar? —contestó Giannis.

—¿Nos vamos a qué? —se sorprendió Maddie.

—¿Qué otra cosa podemos hacer? Es la única opción que tenemos —contestó Giannis encogiéndose de hombros—. Ahí tienes la prueba de que puedes confiar en mí. Por eso estaba tan furioso de que hubieras querido huir de nuevo.

Maddie no se lo podía creer.

—He intentado huir porque me he sentido amenazada. Yo no tengo ni el poder ni el dinero para enfrentarme a ti ante un juez si decidieras intentar quitármelos.

—¿Y por qué iba yo a querer quitártelos? —le preguntó Giannis exasperado—. Lo que yo quiero es que mis hijos crezcan con nosotros en un entorno seguro.

Maddie se mordió el labio inferior.

—Para eso, no hace falta que nos casemos.

—Claro que sí. Nos tenemos que casar para que pueda enseñarles sus raíces griegas, para que pueda

presentarles a sus innumerables parientes, para que
pueda enseñarles cómo se maneja el dinero y el privilegio. Y tú no podrías estar a la altura de las circunstancias si no estuvieras casada conmigo y no
pertenecieras a mi mundo.

De repente, Maddie entendió por qué había ido a
verla Krista aquella mañana. Evidentemente, la rubia conocía lo suficientemente bien a Giannis como
para saber que estaría dispuesto a casarse con la futura madre de sus hijos y había intentado evitarlo.

–No sé qué decir... –contestó confundida.

–Di que sí.

Maddie no sabía qué hacer. Si no se casaba con
él, a lo mejor, Giannis terminaba casándose con
Krista. La sola idea de que fuera así y de que, al final, sus hijos tuvieran que vérselas con aquella mujer la hizo ponerse nerviosa.

Lo cierto era que no se veía feliz ni diciendo que
sí ni diciendo que no, pero debía pensar en el bien
de sus hijos. Giannis no dudaba en presionarla para
que se casara con él, ¿no? ¡Pues que se preparara
para las consecuencias!

Giannis la observaba mientras Maddie pensaba.
Debía de haber elegido a la única mujer sobre la faz
de la tierra que tenía que pensarse durante más de
diez minutos si quería casarse con un Petrakos.

Aunque no estaba muy orgulloso de la velada
amenaza que había empleado, estaba convencido de
que el fin justificaba los medios.

–Muy bien, me casaré contigo –contestó Maddie
muy seria.

–¿Te parece bien una copa de champán para celebrarlo? –contestó Giannis sonriendo de manera
sensual.

–No tengo nada que celebrar.

Giannis ni se inmutó ante aquel comentario. Lo importante era que se había salido con la suya. Maddie ya no podría separarse de él. Nunca más. Aquello lo tranquilizaba sobremanera. Lo cierto era que durante las semanas en las que había estado en paradero desconocido, había sufrido mucho. Por supuesto, Maddie no era consciente de ello.

–Quiero que nos casemos cuanto antes –anunció Giannis.

–Muy bien... –contestó Maddie, encogiéndose de hombros con una indiferencia que le molestó sobremanera.

–Quiero una boda de verdad –insistió Giannis–. Iglesia, vestido de novia, cientos de invitados…

–¡No me pienso poner un vestido de novia con esta tripa! –se indignó Maddie.

–¿Por qué no? No es tan raro hoy en día.

Maddie no se quería ni imaginar casándose embarazada ante los familiares y amigos de Giannis, que seguro que no durarían en compararla con la escultural Krista y comentarían lo mala persona que era por haberse embarcado en una relación con un hombre que estaba prometido con otra mujer.

Aunque Giannis no estaba consiguiendo entusiasmar a Maddie, decidió insistir. A lo mejor, lo que le pasaba era que le daba miedo no estar a la altura de las circunstancias y no ser capaz de organizar una boda de aquellas dimensiones en tan poco tiempo.

–Por supuesto, contaremos con la ayuda de una experta en bodas y mi personal se ocupará de todo.

–Si me permites decir algo, yo prefiero una boda sencilla.

Giannis tomó aire.

–Estoy orgulloso de convertirte en mi esposa y quiero que entiendas que no quiero una boda sencilla que pase desapercibida.

–Ya –suspiró Maddie–. Y, como de costumbre, siempre tienes que salirte con la tuya. Te advierto que, si te casas conmigo, no siempre va a ser así.

–¿Eso es una declaración de guerra, *pedhi mou*? –sonrió Giannis.

¿Acaso no se daba cuenta Maddie de que, si organizaban una boda sencilla que pasara desapercibida, sería como decir que estaba avergonzado de casarse con ella? ¿Acaso no se morían todas las mujeres por una buena boda?

–¿Y dónde voy a vivir mientras tanto? –quiso saber Maddie.

–Aquí.

Maddie hizo una mueca de disgusto.

–Es una casa fabulosa –se indignó Giannis.

–No es mi estilo. Prefiero algo más normal.

–No hay problema. Tengo una casa de campo en Kent. Tal vez, te guste más.

–Perfecto, prefiero irme allí, si no te importa.

Por supuesto que le importaba, pero se mordió la lengua. Lo cierto era que no podía esperar para casarse con ella. ¿Era el mismo hombre que le había insistido a Krista para que esperaran un año y medio para casarse?

Diez días después, uno de los abogados de Giannis fue a ver a Maddie a Harriston Hall para exponerle las condiciones del acuerdo prematrimonial.

Maddie se quedó sobrecogida al enterarse de

que Giannis esperaba quedarse con la custodia de los niños en caso de separación. Al instante, le pareció que el haber incluido aquella cláusula quería decir que él ya contaba con que su matrimonio fracasara y, seguramente, no haría ni el más mínimo esfuerzo por sacar adelante la relación.

–¿Giannis se quedaría con la custodia de los niños independientemente de quien tuviera la culpa de la separación? –se indignó–. No me parece justo.

–Me temo que en el acuerdo no se tiene en cuenta de quién es la culpa.

–Pues debería tenerse en cuenta –comentó Maddie muy seria–. Supongo que yo también puedo poner condiciones, ¿verdad?

–Por supuesto, pero eso dilataría las negociaciones –le advirtió el abogado como si esperara que aquello la echara atrás.

Maddie sonrió encantada.

–Yo no tengo ninguna prisa. Lo que tengo muy claro es que no pienso aceptar esa cláusula sobre los niños. Quiero que quede estipulado que, si es Giannis quien rompe el matrimonio, debe entregarme la custodia.

Sorprendido ante aquel anuncio, el abogado la miró con los ojos muy abiertos.

–Ya sé que a Giannis no le va hacer ninguna gracia –comentó Maddie–. El hecho es que la fidelidad es muy importante para mí y quiero incluir esa cláusula para que no se le pase por la cabeza irse con otras mujeres.

El abogado la miró completamente fascinado. Lo cierto era que había pensado qué les iba a decir a sus colegas, que tenían mucho interés, sobre la futura señora Petrakos. Les podía decir que era una mujer exótica, fuera de lo habitual, sexy... sí, todo eso y mucho más pero, además, aquella mujer era también inteligente y tenía algo que la diferenciaba de los demás. Aunque estuviera embarazada, no tenía ninguna prisa por casarse con el padre de sus hijos y no dudaba en decirlo bien alto y claro y en exigir que se pusieran por escrito sus demandas en cuanto a sus hijos.

–¿Cuál sería entonces su idea?

Maddie se quedó pensativa. ¿Qué era lo más importante para Giannis? Obviamente, el dinero.

–Quiero incluir una cláusula en la que se estipule que, si Giannis me es infiel, tendrá que pagarme millones de libras esterlinas.

–Se va a poner hecho un basilisco –le advirtió el abogado.

–Ya lo sé –contestó Maddie.

El abogado se moría de ganas por hablar con el equipo legal de Petrakos, que le había dado a entender que esperaban que el acuerdo se firmara rápidamente y sin oponer ninguna resistencia.

Una vez a solas, Maddie, que tenía la certeza de que Giannis aparecería por allí en cuanto se enterara de la nueva cláusula, se preparó un buen baño de espuma. Lo cierto era que le estaba sentando muy bien su estancia en el campo, se encontraba mucho más fuerte y sana, pues llevaba una vida muy relajada y tenía tiempo para cuidarse.

Estaba disfrutando de las burbujas cuando llamaron a la puerta con fuerza.

–¿Sí? –contestó.

–Soy Giannis... –dijo el recién llegado abriendo la puerta.

–¡No entres! –le advirtió Maddie intentando cubrirse.

–No tardes –contestó Giannis.

Maddie se apresuró a salir del agua y a envolverse en una toalla. Al salir al dormitorio, encontró a Giannis esperándola.

–Si me das cinco minutos para que me vista, por favor...

–¿Y qué te vas a poner? ¿Esa ropa andrajosa? –se indignó Giannis señalando el pijama que Maddie tenía sobre la cama–. ¡Rechazas todo lo que te doy! ¡Me rechazas a mí!

Maddie tragó saliva.

–Yo...

–Ni siquiera te preocupas por tu propia boda –se indignó Giannis–. ¿No te das cuenta de que, si lo estropeas todo, no podrás volver a disfrutar de ese día?

Maddie se quedó pensativa. Lo cierto era que había estado mostrándose completamente distante y fría con él y con todo el asunto de la boda. Lo había hecho para dejarle claro que no pensaba fingir que era una novia alegre y feliz cuando había accedido a casarse con él bajo presión. Entonces, se le ocurrió que, tal vez, estuviera siendo un poco injusta. Quizás fuera cierto que estaba dejando que su orgullo interfiriera y, si seguía así, iba a arruinar el día de su boda.

–¡No te pienso consentir que critiques mi forma de ser delante de mis abogados! –continuó Giannis–. ¿Cómo has podido hacerlo?

Capítulo 9

ME pareció que tenía libertad absoluta para hablar ante el abogado que ha sido contratado para representar mis intereses –contestó Maddie, dándose cuenta de que Giannis estaba profundamente enfadado.

–¿Y qué te hace pensar eso? ¡Libertad tienes, sí, pero para utilizarla con responsabilidad! ¡Hay cosas que no se me pasaría por la cabeza decir a terceras personas!

–Pues bien que les has dicho a tus abogados que, si nuestro matrimonio se terminara, tienes intención de quedarte con la custodia de los niños –le recriminó Maddie.

Giannis se quedó pensativo.

–No es lo mismo –se defendió.

–Es exactamente lo mismo –insistió Maddie–. Es casi el centro del acuerdo prematrimonial. Aun así, por lo visto, no te ha parecido lo suficientemente importante como para que tratarlo en privado conmigo antes de ponerlo sobre el papel. ¿Cómo te atreves a hacer algo así? ¿Cómo dejas que tus abogados se sienten a hablar de mí y de que me quedaría sin mis hijos en caso de separación cuando lo más probable es que seas tú el que rompa el matrimonio?

Al oír aquello y sabiendo que era verdad, Giannis se sonrojó.

—No acepto ese comentario.

—Sabes perfectamente que yo me tomo el matrimonio muy en serio —le recordó Maddie.

—Yo también —se defendió Giannis—. Por eso, precisamente, he insistido en hacer un acuerdo prematrimonial.

—No me has dado mucho margen. Me he visto prácticamente obligada a casarme contigo, pero, evidentemente, no soy tonta. Menos mal que se me ha ocurrido leer con atención el acuerdo antes de firmarlo.

—¿Qué fue de la confianza y del optimismo? Te aseguro que seré un marido excepcional, pero no pienso firmar un acuerdo en el que se me dice lo que puedo y no puedo hacer con mi vida —se acaloró.

—Veo que nadie te ha puesto jamás límites —comentó Maddie, que ya se había dado cuenta de que aquel hombre estaba acostumbrado a hacer lo que le diera la gana en cualquier momento y a no admitir jamás que se había equivocado.

—Soy perfectamente capaz de ponerme los límites yo solo —contestó Giannis apretando los dientes.

—Sí, claro, por supuesto. ¿Te has parado a pensar que, precisamente, por eso estás ahora a punto de casarte con una mujer con la que te acostaste estando prometido con otra? Menudo desastre.

Giannis la miró indignado.

—No quiero discutir. Estás embarazada y no quiero que te disgustes —suspiró Giannis intentando controlar su cólera.

—Yo tampoco quiero discutir —contestó Maddie—.

Lo que quiero es hablar contigo. Necesitamos hablar.

A Giannis no le apetecía hablar, lo único que quería era arrebatarle la toalla que cubría su cuerpo, hacerla suya y liberar su deseo.

—Necesitamos hablar —insistió Maddie—. Quiero que nuestro matrimonio funcione —le aseguró.

Giannis la miró con intensidad.

—Te aseguro que con esa cláusula no pretendo controlarte ni decirte cómo tienes que vivir. Lo has entendido mal.

Giannis se relajó.

—La elección está en tus manos —continuó Maddie—. Si quieres, podemos tener un matrimonio todo fachada por el bien de los niños en el que compartiríamos todo lo que hagamos con ellos y tú podrías tener relaciones con otras mujeres.

Giannis la miró sorprendido.

—En ese caso, llevaríamos vidas separadas —sentenció Maddie.

—¿Separadas? —se sorprendió Giannis.

—Sí, separadas. Evidentemente, no compartiríamos cama —le aseguró Maddie—. Si no puedes comprometerte, si no puedes serme fiel, ese tipo de matrimonio te iría muy bien.

Giannis la miró en silencio.

—Un matrimonio así tendría muchas ventajas. Para empezar, nos aceptaríamos el uno al otro tal y como somos —continuó Maddie.

—Claro, yo siempre sería el pecador y tú la virgen y mártir —se burló Giannis.

—Al final, acabaríamos olvidando que... bueno, ya sabes... se nos olvidaría que nos hemos acostado y terminaríamos siendo amigos.

Giannis negó con la cabeza.

–Supongo que la segunda opción es que te sea fiel o que me arriesgue a tener que pagar millones si rompo las normas.

–Es una forma de decirlo. Quiero que me entiendas. Necesito que te tomes en serio el casarte conmigo.

–Si lo hago, ¿estarías de acuerdo en compartir la cama conmigo?

Maddie no contestó.

–¿Cómo te sentirías si supieras que yo voy a buscarme otros hombres? –le espetó Maddie–. ¿Acaso yo no soy suficiente mujer para ti?

Giannis sintió que la tensión se apoderaba de él de nuevo y se apresuró a avanzar hacia ella.

–Ni se te ocurra pensar en tener una relación con otro hombre. No pienso tolerar ni siquiera que flirtees con otro.

–Qué bonito doble rasero. ¡Eres un hipócrita! Claro que tampoco tiene mucha importancia porque, tal y como van las cosas, creo que lo mejor sería que no nos casáramos. Me parece que ninguno de los dos tenemos intención de firmar el acuerdo prematrimonial –contestó Maddie algo apenada, pues no era aquél el final que le habría gustado.

Giannis tomó aire y suspiró lentamente, decidido, sin embargo, a no echarse atrás. Él nunca recapitulaba. Así que, sin mediar palabra, salió del dormitorio, bajó las escaleras de dos en dos y llamó a la limusina. Mientras la esperaba, se sirvió un brandy. Estaba furioso. Mientras se lo tomaba, decidió que no se iba a ir. Había llegado con la intención de quedarse a dormir y se iba a quedar a dormir.

Mientras degustaba un segundo brandy, se dio cuenta de que, con su actitud arrogante, había obligado a Maddie a casarse con él, no le había dejado opción y, al hacerlo, había impedido que confiara en él.

En aquellos momentos de su vida, no estaba manteniendo ninguna relación con ninguna otra mujer, pero Maddie no lo sabía, claro.

Como tampoco debía de saber la larga historia de matrimonios y divorcios que habían protagonizado varias generaciones de su familia. La última pareja que había sido feliz había sido la formada por sus bisabuelos, Rodas y Dorkas.

Cuanto más lo pensaba, más cuenta se daba de que desde ellos siempre había habido un elemento distorsionador: el acuerdo prenupcial. Los miembros de la familia, que se hizo rica después del matrimonio de sus bisabuelos, siempre habían dado por hecho que toda persona que se acercaba a ellos con la intención de casarse lo hacía por su dinero. Jamás había habido confianza.

No era de extrañar que Maddie se sintiera insultada.

¡El acuerdo prenupcial que le habían propuesto estaba elaborado para descorazonar a cualquier cazafortunas que pretendiera apoderarse de la fortuna de los Petrakos, pero a ella no le importaba lo más mínimo el dinero!

Maddie se incorporó cuando llamaron a la puerta.

—Adelante.

Para su sorpresa, la persona que entró fue Gian-

nis. Maddie parpadeó sorprendida, pues, sinceramente, creía que se había ido.

—He tomado una decisión —anunció Giannis.

Maddie, que había estado llorando, le agradeció
que no la mirara directamente a los ojos. Seguro
que los tenía enrojecidos e hinchados.

—He tomado la decisión de que el acuerdo prenupcial no es necesario —anunció Giannis.

Maddie tomó aire, pues, cuando le había dicho
que había tomado una decisión, había temido que se
refiriera a otra cosa. Ella también había estado pensando y también había llegado a una decisión. No iba
a volver a enfrentarse a él. Evidentemente, Giannis
era un hombre acostumbrado a luchar y vencer cuando se le desafiaba. Tenía que actuar con más sutileza
con él, pues lo amaba profundamente y no quería
perderlo.

—Muy bien —contestó—. A ver si te afeitas porque
pareces un pirata —añadió sin pensar.

Giannis sonrió divertido.

—Tengo barco.

—Ya lo sé. Lo vi en televisión —confesó Maddie.

—¿Ah, sí?

—Sí —admitió Maddie sonrojándose—. Al volver
de Marruecos, vi un reportaje sobre Krista y sobre
ti.

—¿Viste ese horrible programa?

Maddie asintió.

Giannis se relajó. Ahora entendía por qué Maddie
lo tenía por un coleccionista de mujeres. Ahora entendía por qué, cuando le había pedido que se casara
con él, se había mostrado fría y distante.

—En ese reportaje exageraban mucho y había varios errores —le aclaró.

–¿No es cierto que has salido con varias modelos?

–Sí, es cierto, pero ya no lo hago.

Maddie sabía que físicamente no podía compararse con aquellas mujeres, así que no lo intentó. Comprendía que Giannis había elegido a aquellas bellezas porque era lo que hacían todos los hombres jóvenes y ricos como él, pero, aun así, le resultaba difícil no pensar en que estaba con ella única y exclusivamente porque se había quedado embarazada.

Giannis se dio cuenta de que Maddie tenía ojeras y los ojos enrojecidos y pensó que debía de estar exhausta y estresada. De repente, se enfureció consigo mismo por haber contribuido a su disgusto.

–Perdona por venir tan tarde –se excusó–. Te dejó descansar.

–No te vayas... –murmuró Maddie.

Tras dudar unos momentos, Giannis se sentó a su lado en la cama. Maddie apenas se atrevía a respirar.

–Tienes que dormir, pareces muy cansada.

Maddie hubiera preferido que no le hubiera puesto aquella excusa. Evidentemente, no se sentía atraído por su cuerpo. En cualquier caso, era maravilloso volver a sentirlo tan cerca. Al percibir su olor, lo deseó al instante.

Giannis alargó un brazo y descansó la mano sobre el lugar en el que había estado unos meses atrás la cintura de Maddie.

–¿Puedo? –le preguntó.

–Puedes hacer lo que quieras –lo invitó Maddie con voz trémula.

Lo que le interesaba, precisamente, era su tripa abultada. Giannis deslizó sus manos de manera lenta y cuidadosa por encima del abdomen de Maddie, explorándolo con curiosidad.

—Increíble... —comentó—. ¿Eso ha sido una patada? —preguntó al notar un golpe en la palma de la mano.

—Sí, no paran de moverse —contestó Maddie dándose cuenta de que, en aquellos momentos, Giannis estaba completamente encandilado por el milagro de la concepción y no le importaba en absoluto que su cuerpo no fuera perfecto.

Maddie escuchó a las primas de Giannis hablando en griego y sonrió.

Desde luego, su boda iba a ser una boda griega en toda regla.

El día anterior había llegado en helicóptero al yate Libos I, que surcaba en aquellos momentos el mar Egeo para llevarla hasta el altar.

Con la intención de proteger su intimidad todo lo posible, Giannis había conseguido que los medios de comunicación no supieran dónde iba a tener lugar la boda y, como sabía que Maddie no tenía familia, le había propuesto que dos de sus primas actuaran como sus damas de honor.

Aquello explicaba la presencia en el barco de Apollina y Desma.

—Estás preciosa, Maddie —le dijo Apollina, la mayor de ellas, acercándose.

—Es un vestido precioso —contestó Maddie, mirándose en el espejo.

Efectivamente, el vestido de cuerpo de encaje y manga corta tenía mucha clase. Era de una seda de textura sin igual con un corte y una caída maravillosa que conseguía disimular un poco su tripa. Le habían colocado perlas por el pelo con mucha paciencia y se sentía realmente glamurosa por primera vez en su vida. Como guinda, aquella misma mañana había llegado a la hora del desayuno un diamante con forma de corazón que Maddie lucía en el escote, regalo de bodas de Giannis.

–No es el vestido –le dijo Desma–. Eres tú. Cuando te vean, van a entender por qué Giannis se ha enamorado de ti.

Maddie entornó los ojos y se acercó a la ventana. Una vez allí, se dio cuenta de que el barco había puesto rumbo a tierra después de pasar más de veinticuatro horas navegando.

Las hermanas estado intentando ser amables. Evidentemente, no sabían que llevaba más de tres semanas sin ver a Giannis. Aquella noche en Harriston Hall había dormido a su lado, pero no la había tocado y, para cuando se despertó a la mañana siguiente, se había ido.

No habían vuelto a hacer el amor desde su estancia en Marruecos.

–Mira, ya estamos llegando –anunció Apollina, que se había acercado también a la ventana–. Eso de ahí es Libos. ¡Qué mejor sitio para una boda íntima que una isla privada!

Desma, que había contestado al teléfono, le pasó el auricular.

–¿Qué te parece tu futuro hogar? –le preguntó Giannis.

–Realmente precioso... parece una postal... –confesó Maddie sinceramente, fijándose en la vegetación exuberante que bajaba hasta el agua azul turquesa y en las colinas cubiertas de enormes cipreses que rodeaban el pintoresco pueblecito con casas encaladas en blanco.

—Sal a cubierta —le indicó Giannis.

—¿Dónde estás? —le preguntó Maddie mientras lo hacía.

—En el puerto, tomándome un refresco, mi último refresco de soltero. Nos vemos dentro de diez minutos.

Cuando el yate hubo atracado, la tripulación se colocó en fila para despedirse de Maddie y desearle toda la felicidad del mundo. Una vez en la calle, sonrió encantada al ver que la estaba esperando una carroza tirada por dos caballos blancos. La iglesia tenía un campanario muy alto que daba a una plaza muy grande. Nada más verla, Giannis bajó las escaleras de la iglesia y se acercó al carruaje para ayudarla a bajar.

Estaba espectacular con su chaqué, el pelo engominado y brillante a la luz del sol y una expresividad en el rostro fruto de una sonrisa que no era muy característica de él.

Estaba irresistible.

—Estás preciosa —le dijo Giannis, mirándola apreciativamente.

A continuación, la tomó en brazos y la depositó en el suelo con cuidado. Una vez allí, Maddie se quedó muy quieta, permitiendo que sus damas de honor le arreglaran la cola del vestido y le colocaran el pelo. Mientras lo hacían, se dijo que no tenía nada de qué preocuparse, pues se iba a casar con el hombre al que amaba.

La iglesia estaba llena de invitados, que les recibieron con un murmullo de admiración. Maddie se fijó en los frescos y en las flores que lo cubrían todo y percibió el intenso olor del incienso. La ceremonia la encandiló desde el principio y, cuando el ritual hubo terminado, los invitados los bañaron en una lluvia de pétalos de flores a la salida de la iglesia.

A bordo del carruaje de nuevo, subieron una empinada colina hasta llegar a la casa familiar de los Petrakos en la que iba a tener lugar la celebración. Durante el banquete, Maddie decidió no dejar que ser el centro de todas las miradas le influyera, pero al cabo de un rato ya no pudo más y le preguntó a Apollina por qué la miraban tan fijamente.

La prima de Giannis, que se había tomado unas cuantas copas de champán para entonces, contestó con sinceridad.

—Al casarte con Giannis, que es un hombre muy poderoso y rico, tú también te has convertido en una mujer con mucha influencia. Además, se lo has robado a Krista en el último momento. Todo el mundo siente curiosidad por ti. Toda la familia se estará preguntando qué habrá de verdad en lo que han leído sobre ti en la prensa.

—¿A qué te refieres?

Apollina se llevó la mano a la boca.

—Vaya, se me ha escapado. Giannis no quería que te enteraras. Por favor, no le digas que te lo he contado.

Y, dicho aquello, su dama de honor salió corriendo.

Giannis condujo a Maddie hasta la pista de baile para abrir el vals.

—¿Qué han publicado sobre mí? —le preguntó Maddie mientras bailaban.

—Ese asunto está en manos de mis abogados —contestó Giannis.

—Quiero saberlo.

—Nada importante.

—Insisto en saberlo.

—Insistir no te va a servir de nada —contestó Giannis—. Ahora, eres una Petrakos. La prensa no tiene importancia.

—No me hables como si fuera una niña pequeña —protestó Maddie.

Giannis apretó los dientes.

—Entonces, compórtate como una adulta. Es el día de nuestra boda y la gente se está dando cuenta de que estamos discutiendo.

—Seguro que Krista se habría comportado mucho mejor —le espetó Maddie.

—Su comportamiento en público es siempre impecable —contestó Giannis.

Maddie se sintió morir por aquel comentario. Además, se había dado cuenta de sus celos y se avergonzaba de ello. Aun así, siguió bailando con Giannis en silencio, intentando sonreír. En cuanto hubo terminado la melodía, abandonó la pista de baile, deseosa de encontrar un lugar tranquilo en el que refugiarse. Estaba buscándolo cuando un bastón cayó ante ella. Maddie se apresuró a recogerlo y a devolvérselo a la anciana propietaria, que estaba sentada en un rincón.

—Siéntate conmigo —le dijo la mujer agarrándola de la mano—. Soy la bisabuela de tu marido. Me llamo Dorkas.

Maddie se sentó.

—Giannis siempre me ha recordado a Rodas, mi marido…ya murió, ¿sabes? Es igual de obstinado, impaciente y listo.

Maddie no dijo nada. Evidentemente, la bisabuela de Giannis se había dado cuenta de la tensión que había nacido entre ellos en la pista de baile.

–La diferencia es que mi marido tuvo la suerte de nacer en una familia llena de amor. Giannis no tuvo esa fortuna. ¿Qué sabes del pasado de tu marido?

–No mucho –confesó Maddie–. No le gusta hablar de ello.

La mujer suspiró.

–Sus padres no deberían haber tenido hijos porque se pasaban el día de fiesta en fiesta. A Giannis lo criaron los criados. Su madre era drogadicta, aunque nunca trascendió para que no se montara un escándalo. Giannis no sabe lo que es el amor ni la estabilidad…

–No tenía ni idea –se lamentó Maddie.

–Cuando tenía dieciséis años, la única persona que lo había querido de verdad murió y se volvió un poco loco durante un tiempo. Por suerte, volvió a centrarse. Es muy fuerte –continuó Dorkas Petrakos con orgullo y afecto–, pero necesita una mujer igual de fuerte, una mujer que sepa suavizarlo y amarlo.

Maddie estaba más calmada.

–Rodas y yo nos peleamos a menudo, pero, cuando alguien se atrevía a decir algo contra mí, me defendía como un león –confesó la anciana.

Maddie sonrió.

–Seguro que ha oído hablar usted de lo que ha publicado el periódico ése.

Dorkas la miró y sonrió.

–Tengo una copia en el bolso.

–¿Me lo deja?

La bisabuela de Giannis le entregó una fotocopia tras confesarle que una amiga se la había mandado por fax desde Londres aquella misma mañana.

Maddie hizo una mueca de disgusto al leer el ti-
tular. *Trabajadora temporal le quita el novio a rica
heredera.*

–Seguro que no te hizo falta robárselo –comentó
Dorkas chasqueando la lengua–. Mi bisnieto no era
feliz con ella. En cuanto a lo demás, mantén la cabeza bien alta. El amor no es un pecado y los hijos
son una bendición. Eres una buena mujer, una trabajadora que cuida de sus seres queridos. Ya no
queda mucha gente así.

En aquel momento, Giannis se acercó a ellas.

–¿Qué te parece mi mujer? –le preguntó a su bisabuela con una gran sonrisa.

–Esta mujer es un tesoro, así que ya puedes cui-
darla bien –contestó Dorkas, poniéndole a Maddie
la mano en la rodilla.

Giannis se sentó junto a su bisabuela y se quedaron los tres charlando un rato y desde allí disfrutaron
de la interpretación de un fabuloso y famoso cantante que Giannis había contratado para la ocasión.

Se estaba haciendo de noche cuando Giannis llevó a Maddie a una terraza privada. Una vez allí, la
miró intensamente y la besó de manera sensual, haciéndola estremecerse.

–Hay una escalera detrás de la puerta de la es-
quina. Nuestra suite está arriba. Sube. Me reuniré
contigo dentro de cinco minutos –le indicó.

–Pero no nos podemos ir así, de repente...

–Claro que podemos –contestó Giannis volvién-
dola a besar–. Es nuestra noche de bodas, *agapi mu.*

La habitación resultó ser preciosa y estar decora-
da con unos muebles exquisitos. Maddie estaba dis-

frutando del glorioso aroma de un ramo de rosas que había en un florero de plata cuando una doncella llamó a la puerta y, disculpándose, le pasó el teléfono.

–¿Sí? ¿Quién es? –preguntó Maddie.

–Soy Krista.

Maddie palideció.

–¿Para qué me llamas?

–Te llamo para que sepas en tu noche de bodas que lo único que ha ocurrido es que nos hemos cambiado los papeles –le dijo la rubia con fingida dulzura–. Tú eras la amante y ahora lo soy yo. Que sepas que Giannis no tiene ninguna intención de deshacerse de mí. No te confundas. Lo único que le importa ahora es tenerte feliz porque vas a ser la madre de sus gemelos, pero yo sigo formando parte de su vida, como siempre.

Dicho aquello, soltado el veneno, Krista colgó el teléfono, dejando a Maddie completamente anonadada. ¡Qué mujer tan vengativa! Maddie se apresuró a decirse que lo que le había dicho no era cierto, que no eran más que mentiras. Evidentemente, Krista quería molestarla y sembrar la cizaña en su matrimonio, pero Maddie no lo iba a permitir, no iba a permitir que aquella mujer estropeara el maravilloso día de su boda.

Amaba a Giannis y debía confiar en él. Dudar de él dejándose llevar por lo que le había contado una mujer despachada destrozaría lo que había entre ellos.

Capítulo 10

GIANNIS entró en la habitación y se quedó observando a Maddie, que se estaba desvistiendo. El vestido de seda resbalaba en aquellos momentos por sus caderas y acababa de caer al suelo, alrededor de sus tobillos, revelando un sujetador de corte bajo, unas braguitas minúsculas y unas medias de encaje. En una pierna, llevaba un liguero azul.

—No te muevas, *pedhi mou* —le dijo—. Ya me encargo yo del resto.

Maddie se sonrojó, pues no lo había oído llegar. Hacía mucho tiempo que no compartía cama con él y estaba algo nerviosa. Giannis sonrió, se quitó la chaqueta y la corbata y se desabrochó la camisa sin dejar de mirarla con deseo.

—Nunca en mi vida he pasado tanto tiempo sin acostarme con una mujer —comentó.

Sorprendida, Maddie se giró, sintiendo que el nerviosismo desaparecía.

—Perdona, así dicho no sé cómo te habrá sonado —se disculpó Giannis.

—Me ha sonado de maravilla. Me alegro de que me lo hayas dicho. Creía que ya no me deseabas —murmuró Maddie acercándose a él.

¿Desde cuándo no se acostaría con otra mujer?

Seguramente, desde que se había enterado de que estaba embarazada.

–¿De dónde te has sacado eso? –le preguntó Giannis–. No he vuelto a acostarme contigo porque estabas débil y he querido respetarte –añadió, agarrándola de las muñecas y tomándola entre sus brazos–. Además, quería tener tiempo porque tú te mereces mucho más que una hora robada aquí y allá –añadió indicándole que se sentara en la cama con cuidado.

A continuación, le desabrochó el sujetador. En cuanto sus voluptuosos senos quedaron al descubierto, no dudó en tomar uno de los pezones entre sus labios. Maddie se estremeció, pues tenía los senos y los pezones increíblemente sensibles, dejó caer la cabeza hacia atrás y disfrutó de la lengua de Giannis, que la colocó sobre su regazo y comenzó a besarla con erótica maestría.

Maddie estaba tan excitada que no tardó en sentir la entrepierna húmeda. Giannis también se dio cuenta y comenzó a desvestirse.

–Jamás he deseado a una mujer como te deseo a ti –le dijo mientras lo hacía–. No sabía que podía sentir lo que siento por ti. Cuanto más estoy contigo, más te deseo. No vuelvas a desaparecer de mi vida.

–Nunca –le prometió Maddie.

–Si lo haces, me veré obligado a atarte a la pata de la cama y, entonces, no podré salir de mi propia habitación –bromeó Giannis.

Giannis recorrió todo su cuerpo, la besó con pasión, exploró los delicados labios de su feminidad, haciéndola temblar violentamente. Maddie se sentía demasiado excitada para permanecer quieta. Cuando Giannis acarició la perla más sensible de su cuerpo, apretó los dientes. Maddie estaba caliente y húmeda, completamente atormentada por la sensualidad del momento.

–¿Estás lista? –le preguntó Giannis.

–Sí... oh, sí.

Giannis la penetró con un gemido y el increíble placer que sintió Maddie estuvo a punto de dejarla sin habla. Los movimientos lentos de Giannis la electrificaron. Las sensaciones eran tan intensas que la excitación iba en aumento. Maddie comenzó a sentir pequeños temblores en su interior. El placer era exquisito. Giannis la condujo al éxtasis, momento en el que Maddie sintió oleadas y oleadas de energía recorriéndola y se sintió completamente bendecida.

Giannis la tomó entre sus brazos y le cubrió el rostro de besos. No era normal en él y Maddie sonrió feliz.

Se sentía amada y afortunada.

–Me parece que, a este paso, vas a ser tú el que termine atado a la pata de la cama –bromeó.

–Por mí, no hay problema –contestó Giannis.

–Te quiero decir una cosa –dijo Maddie abrazándolo–. No te hubiera hecho falta obligarme a que me casara contigo porque nunca tuve intención de decir que no –confesó.

Giannis la miró confundido.

–Pensé que debías saberlo –sonrió Maddie.

En el despacho de Giannis hacía un retrato de una preciosa niña pequeña de pelo negro y ojos vivarachos.

–¿Quién es? –preguntó Maddie.

–Mi hermana, Leta –contestó Giannis tensándose visiblemente.

Maddie se giró hacia él.

–¡No sabía que tuvieras una hermana! Creía que eras hijo único.

–Nadie suele hablar de ella –contestó Giannis apesadumbrado–. Iba sentada en el asiento del copiloto cuando mi padre tuvo un accidente de coche en nuestra finca de Italia. Iba borracho y haciendo una carrera con un amigo. Mi hermana tenía entonces diez años. A mi padre no le pasó nada, pero ella sufrió terribles lesiones físicas y neurológicas. Necesitaba continuos cuidados médicos. Aun así, nos reconocía... –recordó con la voz tomada por la emoción–. Yo intentaba pasar todo el tiempo que podía con ella, pero sólo tenía trece años y estaba en un internado, así que no me resultaba fácil.

–Supongo que sería difícil para todos.

–Para mis padres, no –contestó Giannis–. Se olvidaron pronto de ella. No querían ir a verla porque decían que era muy duro. En realidad, se avergonzaban de ella. Cuando les dijeron que se estaba muriendo, no fueron, y yo me enteré cuando ya era demasiado tarde. Leta murió sola, acompañada por las enfermeras que la cuidaban.

Maddie tragó saliva.

–Lo siento mucho. Supongo que te habría gustado estar con ella en el último momento.

–Sí, pero no hay mal que por bien no venga. Unos años después, mi bisabuela me convenció para que canalizara la rabia que sentía por la muerte de mi hermana y le diera un uso más positivo. Fue entonces cuando comencé a involucrarme en proyectos de ayuda a niños con enfermedades termina-les –sonrió Giannis–. Creo que, por eso, hasta que no te he conocido a ti, nunca he querido tener hijos. Debía de ser que tenía miedo de ser tan mal padre como los míos.

–No te martirices –sonrió Maddie.

Giannis se despidió de ella con un beso que la dejó sin aliento y subió al helicóptero que lo iba a llevar a Atenas, donde tomaría un vuelo a Londres. Hacía más de un mes que no se separaban.

Maddie bajó a la playa acompañada por una legión de bien intencionados y simpáticos sirvientes que le llevaron una silla, una mesa, una esterilla, una sombrilla, una nevera con refrescos y varios libros.

Mientras se tomaba un zumo de manzana y escuchaba hipnotizada el rumor del mar, se dio cuenta de que era feliz.

Habían transcurrido cinco semanas desde que se había casado con Giannis y, aunque su marido había tenido que ausentarse unas cuantas veces por motivos de trabajo, habían vivido todo aquel tiempo en una perpetua luna de miel.

El cuidado y la preocupación que demostraba Giannis por ella habían podido con sus inseguridades. Giannis se había convertido en el centro de su vida, lo era todo para ella, un apasionado amante y un compañero divertido y agradable. A Maddie le encantaba su energía inagotable y su mente clara y rápida, había aprendido a apreciar su ironía. lo adoraba y no se quería ni imaginar su vida sin él.

Giannis le estaba enseñando griego y ella le estaba enseñando a relajarse, pues su marido era una

persona tan activa que podía estar dieciocho horas
sin parar de hacer cosas. En el tiempo que habían
pasado juntos en la isla, la habían recorrido en barco, habían comido en tabernas situadas en los pue-
blos de la montaña, habían escapado a los fotógra-
fos cuando habían ido a sitios un poco más
concurridos, habían hecho picnic bajo los árboles
que había plantado su abuelo y habían visto el atar-
decer en el templo en ruinas que había en la playa.

La primera noche que se vio sin él, Maddie decidió darse un buen baño de espuma, se metió pronto
en la cama, se comió un bizcocho de chocolate y
puso la televisión para ver uno de esos programas
de famosos que a Giannis tanto le aburrían.

Estaba viendo cómo los famosos desfilaban por
la alfombra roja en una ceremonia de entrega de
premios cuando vio a Krista acompañada por un ac-
tor poco conocido. Llevaba un impresionante vestido de noche plateado. Maddie la miró fijamente.
Era tan extraordinariamente guapa que le costaba
creer que Giannis no se arrepintiera de haberla
cambiado por ella.

Maddie observó cómo el presentador de la gala
se acercaba a Krista y admiraba su maravilloso collar de diamantes y zafiros con pendientes a juego.

–Son un regalo muy especial de Giannis Petrakos. Seguimos manteniendo una relación muy íntima –declaró la rubia.

–¿Cómo de íntima? –se sorprendió el hombre–.
Giannis Petrakos se acaba de casar el mes pasado…

Krista se rió.

–Sin comentarios. Lo único que voy a decir es que
este regalo me ha llegado hace muy poco tiempo.

Maddie apagó el televisor con el mando a distancia, apartó las sábanas y corrió al baño a vomitar. A continuación, se sentó en la cama muy alterada. ¿Sería cierto? ¿Estaría Giannis viendo a su antigua novia de nuevo?

Durante las últimas cinco semanas, Giannis sólo se había ausentado unas cuantas veces y nunca se había a quedado dormir fuera. Era cierto que había tenido que acudir a Atenas por motivos de trabajo. Tal vez, se hubiera encontrado allí con ella. ¿Tal vez por eso Krista no la había vuelto a llamar?

Maddie se dio cuenta de que no se iba a quedar tranquila hasta no haber hablado con Giannis sobre aquel tema, así que llamó a Nemos y le informó de que quería volar a Londres a la mañana siguiente para darle una sorpresa a su marido.

Estaba tan nerviosa que a las tres de la mañana hizo el equipaje con la cabeza llena de preguntas sin respuesta. ¿Acaso su matrimonio era una farsa? ¿Se había casado Giannis con ella para darle su apellido a los bebés? ¿Acaso Giannis le había mentido y seguía siendo un mujeriego? De repente, la relación que ella tenía por completamente segura se le antojó construida sin cimientos. Giannis nunca le había prometido ser fiel, no le había prometido estar con ella para siempre. Ni siquiera le había dicho que la quería. Era cierto que le tenía aprecio, que se reía de sus bromas, que la cuidaba y que la deseaba desde que se despertaba hasta que se acostaba.

Pero eso no era amor.

Eso era lujuria.

Maddie había decidido que iba a actuar con dignidad, pero, mientras subía en el ascensor hacia el apartamento que Giannis tenía en la City, la rabia se apoderó de ella.

Entró en el vestíbulo justo cuando Giannis salía a recibirla.

–Me halaga mucho que hayas venido a verme –la saludó–, pero debes estar cansada.

–¡Eres un canalla! ¡Te odio! –le gritó Maddie quitándose la alianza de casada–. No mereces estar conmigo. ¡Espero que seas muy infeliz con Krista!

–Por supuesto que sería infeliz con ella.

–Entonces, ¿por qué estás teniendo una aventura con ella? –sollozó Maddie.

–Yo no tengo ninguna aventura con Krista.

–¡Mentiroso! –exclamó Maddie secándose las lágrimas que le resbalaban por las mejillas–. Jamás te perdonaré.

–Sé perfectamente que tú jamás me perdonarías una infidelidad. Por eso, precisamente, puedes estar segura de que jamás te traicionaría –le aseguró Giannis–. Supongo que tendríamos que haber hablado antes, pero lo cierto era que no creía que Krista fuera ser capaz de ir tan lejos.

En aquel momento, llamaron al timbre y poco después el mayordomo anunció que se trataba de la visita que Giannis estaba esperando.

–Es el padre de Krista –le dijo Giannis–. Me ha llamado para decirme que quería venir a hablar conmigo sobre lo que su hija dijo anoche en televisión. A ver si a él lo crees.

Un hombre de mediana edad entró en el salón y se quedó paralizado al ver a Maddie.

–Pirro, te presento a mi esposa –dijo Giannis–. Madeleine, el señor Spyridou.

Maddie se quedó desconcertada cuando el hombre se apresuró a pedirle disculpas en nombre de su hija.

–Es una vergüenza lo que ha hecho, pero mi hija no vive más que para los medios de comunicación. Cuando Giannis rompió el compromiso, la prensa dejó de interesarse por ella y no lo ha podido soportar. Además, tiene la sensación de que ha quedado como una tonta –se lamentó el padre de Krista–. Lo peor es que se está drogando y cada vez va a peor.

–¿Cómo? –exclamó Giannis consternado–. ¿Estás seguro?

–Sí. Esta misma mañana ha accedido a ingresar en una clínica de rehabilitación. No es la primera vez.

–No lo sabía.

–Tendría que habértelo dicho y te pido disculpas por no haberlo hecho.

Maddie les contó entonces a ambos la llamada telefónica que había recibido por parte de Krista en su noche de bodas.

–Me lo tendrías que haber dicho –se preocupó Giannis–. Podría haber actuado y haber impedido lo de anoche.

A continuación, informó al padre de Krista sobre la visita que su hija le había hecho a Maddie para intentar convencerla de que le diera a sus hijos en adopción.

El padre de Krista estaba atónito, volvió a pedir disculpas en nombre de su hija y se comprometió a obligarla a hacer público un comunicado retractándose de todo lo que había dicho.

Una vez a solas de nuevo con Giannis, Maddie se dio cuenta de que se sentía desnuda sin la alianza que le había tirado a la cara. Así que resultaba que Giannis era inocente, que no le había sido infiel.

Qué mal lo había hecho. Había creído a Krista en lugar de creerlo a él.

–Supongo que te estarás preguntando por qué le regale a Krista ese collar –suspiró Giannis–. Lo cierto es que me sentía culpable. Ni ella ni yo estábamos enamorados el uno del otro. No le debería haber pedido que se casara conmigo. No la soportaba y me quedé muy a gusto cuando rompí el compromiso. Tal vez, debería haber sido más sincero con ella.

–No creo que le hubiera hecho ningún bien que le hubieras dicho que no la soportabas –suspiró Maddie.

–No, pero, si le hubiera dicho que me había enamorado perdidamente por primera vez en mi vida, habría comprendido que intentar que volviera con ella era una pérdida de tiempo.

Maddie lo miró sobresaltada y Giannis se arrodilló ante ella.

–Desde el primer día no he podido dejar de pensar en ti, no he vuelto a abrazar a otra mujer...

–¿Lo dices en serio? –murmuró Maddie.

–Sólo te deseo a ti, pero no me refiero solamente al terreno sexual. Ése fue precisamente mi error, creer que lo nuestro era sólo sexo.

Maddie le acarició la mejilla.

–¿Y por qué estabas dispuesto a casarte con Krista cuando no la querías?

–Creía que jamás encontraría a la mujer perfecta... por eso, al principio, no te reconocí –confesó Giannis, encogiéndose de hombros–. Estaba harto de salir con mujeres, lo único que estaba dispuesto a darle a una mujer era dinero y posición y a Krista le parecía bien. A mí me parecía un buen arreglo.

–Te encontrabas solo...

Giannis se quedó de piedra.

–¡No!

Maddie estaba convencida de que así era, de que se sentía sólo y de que, inconscientemente, había buscado en una relación estable con Krista algo de seguridad.

–Me sentí solo cuando tú desapareciste –recordó Giannis–. Debería haberte contado lo de Krista. Me comporté como un canalla arrogante. Cuando me dijiste que de adolescente era tu héroe... no pude dejar de pensar en esas palabras. Me sentía avergonzado, pero el orgullo me impedía reconocerlo.

–¿Por qué me cuentas todo esto ahora? –se maravilló Maddie–. Es la primera vez que me hablas así.

–No fuiste tú la única que anoche escuchó lo que dijo Krista en televisión. Yo también me enteré y sentí pánico –confesó Giannis–. Al instante, me di cuenta de que, al no haber sido completamente sincero contigo desde el principio, me iba resultar muy difícil convencerte de que lo que estaba diciendo Krista era mentira. Tenía miedo de que no me creyeras y, cuando me pregunté qué haría si me abandonaras, me sentí vacío. No sabía qué hacer. Le iba a pedir a Pirro que viniera conmigo a Grecia para hablar contigo. No he pegado ojo en toda la noche...

Maddie sonrió.

–A mí me ha pasado lo mismo. La mera idea de perderte...

–¡Es insoportable! –confesó Giannis con emoción–. Después de todas estas semanas juntos en Libos, todavía no te he dicho lo importante que eres para mí.

De repente, Maddie se dio cuenta de que, aunque efectivamente no se lo había dicho con palabras, se lo había demostrado de mil y una maneras. Por desgracia, ella se encontraba tan intimidada por el espectro de la aparente perfección de Krista, que no había podido apreciar las atenciones de Giannis, que se había enamorado de ella.

–Bueno, me lo estás diciendo ahora. Yo me di cuenta de que me estaba enamorando de ti en Marruecos...

–¡Pero si no querías nada conmigo! –protestó Giannis.

–No quería nada contigo porque estabas prometido con otra mujer.

–¡Y cuando rompí mi compromiso con ella, te evaporaste! –le recordó Giannis–. No podía dormir porque no sabía dónde estabas. Había noches en las que me despertaba y me preguntaba si estarías con otro. No quiero volver a pasar por algo así.

–Pues aprende a comportarte –bromeó Maddie.

Giannis la miró apesadumbrado.

–Quiero que sepas que estoy loca por ti –confesó Maddie.

–¡Pero si hace apenas diez minutos me has tirado la alianza a la cara!

Maddie alargó la mano para que se la pusiera en su sitio y Giannis se apresuró a hacerlo.

–Te amo –insistió Maddie–. De verdad.

–¿A pesar de todo lo que ha pasado?

Maddie fingió que se quedaba pensativa.

–Bueno, confieso que a veces he llegado a pensar que lo nuestro sólo era sexo... –bromeó.

Giannis la tomó en brazos.

–Vamos a la cama a ver si es verdad.

–¿Es que todo lo arreglas así? –rió Maddie.

–Me encanta tenerte entre mis brazos en la cama porque entonces eres completamente mía –contestó Giannis besándola hasta hacerla estremecerse–. No pienso permitir que te separes de mí jamás, *agapi mu*.

Un año y medio después, Maddie estaba mirando a sus hijos, que gateaban por la terraza de su casa marroquí. Su hijo, Rodas, tenía el pelo negro y rizado y una gran energía. Era un niño que siempre estaba explorando. Su hija, Suzy, de pelo rojizo como su madre, era tranquila y plácida.

Maddie estaba encantada de poder contar con los servicios de una niñera para poder tomarse un respiro de vez en cuando o para pasar tiempo a solas con Giannis.

Giannis adoraba a sus hijos. Desde el mismo instante en el que los mellizos habían llegado al mundo, se había convertido en un padre entregado. Sus momentos más felices eran los que pasaba con su familia.

El tiempo y el amor habían hecho que Maddie confiara en sí misma y en su matrimonio.

Krista había salido del programa de rehabilitación y se había casado hacía poco con un productor de cine de Hollywood que le doblaba la edad. Aparecía regularmente en las revistas, siempre con los últimos modelos y acudiendo a los eventos más exclusivos. Parecía feliz y Maddie se alegraba por ella.

Giannis había conseguido dejar de ser un adicto al trabajo y procuraba no viajar muy a menudo.

Cuando lo hacía, no estaba más que un par de días fuera de casa.

Pasaban mucho tiempo en Libos, donde Dorkas iba a visitarlos casi todos los días, y tenían pensado que, cuando llegara el momento en el que los mellizos tuvieran que ir al colegio, se trasladarían a Harriston Hall, pues Maddie quería que sus hijos recibieran educación inglesa.

En aquellos momentos, estaban en su fortaleza de las montañas de Marruecos, donde siempre acudían en busca de relajación y tiempo para estar juntos.

Con ayuda de la niñera, Maddie metió a los niños en la cama. Aquella tarde, se había dado un masaje y se había hecho un tratamiento de belleza. Tras dejar a los niños acostados, se cambió de ropa, se puso un conjunto de lencería finísimo, un vestido de fiesta azul y zapatos de tacón.

Cuando se miró al espejo, sonrió satisfecha. Al poco, oyó que aterrizaba el helicóptero en el que llegaba Giannis. Le había costado esfuerzo, fuerza de voluntad y la ayuda de un entrenador personal, pero había conseguido recuperar la cintura después del parto.

—No me lo puedo creer, estoy en el paraíso —murmuró Giannis al verla—. Estás maravillosa.

—Veo que no te has entretenido con los niños.

—Es que, por primera vez en su vida, están dormidos a la hora —contestó Giannis—. Además, aunque son maravillosos, llevo tres larguísimos días sin ver a mi esposa.

—¿Los has contado?

Giannis deslizó la palma de la mano sobre el maravilloso trasero de su mujer y la apretó contra su cuerpo.

—Te he echado de menos —reconoció mirándola a

los ojos–. Me has cambiado la vida, *agapi mu* –añadió agarrándole de la muñeca y colocándole una
preciosa pulsera de diamantes con la letra M–. Feliz
cumpleaños.

–Qué preciosidad.

–Como tú –contestó Giannis con la voz tomada
por la emoción.

A continuación, dio un paso atrás para no caer
en la tentación de perderse en su cuerpo.

–Hamid nos está esperando para servir la cena.

Maddie lo besó... una vez... y otra... y otra... hasta que se encontró deshaciéndole el nudo de la corbata. De repente, recordó que había una cena especial en su honor con motivo de su cumpleaños y,
haciendo gran esfuerzo, consiguió recuperar la
compostura.

–Te quiero mucho, señora Petrakos –murmuró
Giannis mientras cenaban–. ¿Qué tal lo estoy haciendo? ¿Estoy cumpliendo tus expectativas como
héroe?

–No vas mal, pero tienes que seguir esforzándo-
te –sonrió Maddie.

–Así que trabajas siguiendo criterios de evalua-
ción continua, ¿eh? –sonrió Giannis.

A media cena, tras muchas miradas veladas, ca-
ricias robadas y deseo por parte de ambos, desapa-
recieron y se fueron al dormitorio. Una vez allí,
Giannis la besó hasta dejarla sin aliento mientras le
decía una y otra vez que era la mujer más irresistible del mundo. Maddie pensó en lo mucho que adoraba a aquel hombre y decidió que un poco de ejer-
cicio en compañía le iba a sentar mucho mejor que
comerse el postre.

Bianca™

Él deseaba una esposa inocente...

Karim, sultán de Zangrar, estaba seguro de que su esposa sería una mujer obediente y amable... pero se encontró con una joven desafiante que llevaba fuego en los ojos.

Desde luego, tampoco sería virgen, pues era una princesa rebelde a la que nadie había conseguido amansar. Escondía secretos y se negaba a cumplir sus órdenes... ¡Era demasiado testaruda para casarse!

El problema era que el contrato matrimonial no podía romperse... debían consumar los votos. Fue entonces cuando el sultán descubrió que la princesa Alexandra de Rovina era en realidad una joven inocente...

La princesa y el jeque

Sarah Morgan

Acepte 2 de nuestras mejores novelas de amor GRATIS

¡Y reciba un regalo sorpresa!

Empeñada en amar
Judy Christenberry

Poco a poco se estaba haciendo un hueco en su duro corazón...

Jenny tenía pocos recuerdos, aunque felices, de su padre y ahora por fin había reunido el valor necesario para intentar encontrarlo. Sólo un hombre se interponía en su camino: el distante y guapísimo Jason Welborn, el socio de su padre, que no parecía alegrarse mucho de que Jenny hubiera vuelto a casa.

Jason estaba convencido de que el único propósito de aquella urbanita era reclamar su parte del negocio para después volver corriendo a la Gran Manzana. Pero Jenny parecía empeñada en ganarse su confianza y, cuanto más intentaba Jason apartarla de su lado, más cálida era la respuesta de ella…

Deseo™

Propuesta peligrosa
Laura Wright

El magnate inmobiliario Damien
Sauer había entregado su corazón
sólo a una mujer... pero ella se lo había pisoteado. Ahora había llegado
por fin el momento de la venganza. El
multimillonario iba a hacer que Tess
York pagara por el error que había
cometido.

¿El plan? Acceder a que Tess y sus so-
cias no tuvieran que abandonar el local en el que se encontraba su negocio, y que era propiedad de Damien.
¿La única condición? Tess tendría que
hacer todo lo que él le pidiera.

Aquélla sería una dulce venganza...